KB038399

위로가 되더라

남에게 건넸던 말을

나에게 건네면

위로가 되더라
남에게 건넸던 말을
나에게 건네면

초판 1쇄 발행 2022년 8월 19일

지은이 김완석
펴낸이 최지연
마케팅 이유리, 김현지, 안이슬
디자인 수오
교정교열 윤정숙

펴낸곳 라곰
출판신고 2018년 7월 11일 제 2018-000068호
주소 서울시 마포구 큰우물로 75 성지빌딩 1406호
전화 02-6949-6014 팩스 02-6919-9058
이메일 book@lagombook.co.kr

ⓒ 김완석, 2022

ISBN 979-11-89686-50-5 03810

이 책은 저작권법에 따라 보호를 받는 저작물이므로 무단 전재와 무단 복제를 금지하며,
이 책의 전부 또는 일부를 이용하려면 반드시 저작권자와 (주)타인의취향의
서면 동의를 받아야 합니다.

- 라곰은 (주)타인의취향의 출판 브랜드입니다.
- 책값은 뒤표지에 있습니다.
- 잘못된 책은 구입하신 곳에서 바꾸어 드립니다.

위로가 되더라

남에게 건넸던 말을

나에게 건네면

김완석 지음

라곰

돌이켜보면
내가 지쳐
쓰러졌을 때
나를 일으켜
세워준 건
사실
대단한 말들이
아니었다.

우리 우연히
건네받은
말 한마디에
기대어
불완전한 삶을
견뎌냈는지도
모른다.

프롤로그

"안녕하세요? 저의 직업은 OOO입니다."
이렇게 말하면 사람들은 의아하게 쳐다본다.
간혹 위아래로 훑어보는 사람도 있다.
어른들은 직설적으로 물어보기도 한다.
"어려 보이는데, 왜 그런 직업을 선택한 거예요?"
그럴 때면 포장하지 않고 솔직하게 대답한다.

"경쟁에서 밀려서요."

순간 분위기는 싸늘해지지만, 비겁하게 거짓말하는 것보단 낫다.
내 직업에 당당하진 못하더라도 부끄럽게 여기고 싶지는 않다.

이 세계는 갑과 을이 명확하게 구분된다.
슈퍼 을인 나는 소란스러운 일들을 자주 겪는다.

모욕적인 말이나 폭행을 당해도 참아야 한다.
가끔은 억울할 때도 있지만 겸허히 받아들인다.

이곳에서 만나는 일부 사람들은 약자에게 감정 표현이 아주 과격하다.
현재의 감정 상태를 말과 태도로 확실하게 표출한다.
가끔은 지나치게 솔직해서 버거울 때도 있다.
감정의 주인은 분명 나 자신인데 내가 주인공이 아닐 때가 많다.

그렇다고 항상 사건 사고만 일어나는 건 아니다.
성함도 모르는 할머니께서 몰래 요구르트를 가져다주시고,
어린 학생이 직접 쓴 손 편지를 건네기도 한다.
운이 좋으면 과일 상자를 안고 퇴근하는 날도 있다.

사람들은 내 직업에 선입견을 품고 있다.
아니, 직업보단 내 나이 때문이다.
일부러 색안경을 끼고 바라보지는 않지만, 부정적인

시선으로 보는 건 사실이다.

지인들은 다른 일을 찾아보라고 권한다.
굳이 지금 이 일을 해야겠냐며 핀잔을 주지만, 나는 현재에 만족하며 살고 있다.
미래의 직업을 미리 경험하고 있다고, 긍정적으로 생각하고 있다.

차례

2. 말은 자기소개서와 같다

3. 사소한 태도에서 마음이 보인다

4. 서툰 사람들이 살아가는 곳

1. 위로가 필요한 날

무례한 사람들을 많이 만나요

스물아홉 살 나의 직업은 아파트 경비원이었다.
경비원으로 일하다 보면 무례한 사람들을 많이 만나게 된다.
택배기사님의 반말은 기본이며, 어린 나이 때문인지 상스러운 욕을 듣는 날도 있다.

하루는 새벽 2시가 넘어갈 즈음이었다.
오고 가며 한 번씩 마주치던 중학생이 공동 현관문에서 맨발로 허겁지겁 뛰쳐나왔다.
표정은 공포에 잔뜩 질려 있었다.
학생은 살려달라고 외치며, 맨주먹으로 경비실 창문을 부술 듯이 여러 차례 내리쳤다.

서둘러 밖으로 뛰쳐나왔지만 이미 늦었다.
경비실 문을 열기도 전에 아버지가 뒤쫓아 와 있었다.
아버지는 망설임 없이 아들 얼굴에 주먹질을 하기 시작

했다.

급기야는 쓰러진 아들을 짓밟으면서 폭행했다.

아무리 가족이라도 도를 넘는 훈육이었다.

지켜만 보기엔 지나치게 가혹했다.

아버지를 떼어놓으려고 등 뒤에서 끌어당겼다.

"안 놔?"

발버둥을 치는 그에게서 술 냄새가 진하게 풍겼다.

아이의 얼굴은 이미 피투성이가 되어 있었다.

왼발을 절뚝거리며 일어선 아이의 커다란 두 눈망울에

선 눈물이 떨어져 볼가를 타고 흘러내렸다.

아이는 살기 위해서 아픈 다리를 이끌고 골목길로 도망

갔다.

아이가 멀리 달아나는 걸 눈으로 확인하고 나서야 아버

지를 놓아드렸다.

"감히 네까짓 게 날 말려? 죽고 싶어?"

그는 머리 위로 손을 높게 들어 올려 때리는 시늉을 하더니, 이내 도망간 아들을 뒤쫓았다.

이대로 상황이 종료되는 듯했지만 아니었다.
5분도 채 지나지 않아 아버지가 다시 경비실로 돌아왔다.
분노와 살기가 느껴졌다.
"이 새끼야, 너 때문에 아들이 없어졌다고, 어?"

격앙된 아버지는 이성의 끈을 놓은 상태였다.
책상에 올려놓은 내 휴대폰을 공중으로 휙 집어 던져버렸고, 두 주먹으로 책상을 미친 듯이 내리쳤다.
"경찰 불러 당장!"

바닥에 떨어진 휴대폰을 오른손으로 주웠다.
손끝이 뾰족한 것에 찔린 것처럼 따끔했다.
휴대폰 액정 전체가 깨져 있었기 때문이다.
어렵게 112를 누르자 숫자가 좌우로 심하게 흔들렸다.
"OO아파트인데요. 아이가 없어져서요."

경찰이 출동한 뒤에 알았다.
아버지의 직업은 사람을 살리는 의사였다.
다행히 아이는 발견됐지만, 가정 폭력일 가능성이 높아서 집으로 돌려보내진 않았다.

아파트 경비원이라면 종종 경험할 수 있는 일이다.
욕설에 쉽게 노출되어 있으며, 망가진 휴대폰 수리비도 요구할 수 없다.
욕을 하면 욕을 들어야 하고, 때리면 그냥 맞아야 하는 경우도 있다.
입주민이 내는 관리비로 먹고사는 계약직 경비원에겐 아무런 힘이 없다.

하지만 그 누구도 타인의 삶을 함부로 하대할 권리는 없다.
순간의 감정에 치우친 언행에는 늘 가시가 박혀 있다.
타인을 존중하지 않는 태도는 언제나 무례하다.
날카로운 기억만 남길 뿐이다.

오늘처럼 소란스러운 날이면 소망한다.
우리 곁에는 말을 잘하는 사람보단, 말은 못해도 말을 예쁘게 하려고 노력하는 사람이 늘어났으면 좋겠다.

이십 대에 경비 일을 시작하면서부터 나에겐 작은 믿음 하나가 생겼다.
말 한마디가 차가운 세상을 바꿀 순 없겠지만, 한 사람의 세상은 바꿀 수 있다.

자주 헷갈리곤 한다.
세상을 살아가는 건지,
세상에 맞추어진
내가 되어가는 건지.

이만하길 정말 다행이다

새벽 1시, 경비실 주변이 조용해졌다.
아파트 거실 불들도 대부분 꺼져 어둠이 내려앉았다.
모두가 집으로 돌아가 잠드는 시간이지만, 경비원으로 일하면서 가장 기다려지는 시간이다.
조용해서가 아니라 소소하게나마 글을 쓸 수 있는 시간이기 때문이다.

글을 끄적이는 수준이지만, 사실 경비원으로 일하기 전부터 글에 관심이 많았다.
한 사람의 표정을 보면 그 사람의 심정이 보이듯, 한 사람의 글을 보면 그 사람의 인생이 보이기 때문이다.
한 권의 책을 통해 누군가의 삶을 들여다볼 때마다 느낀다.
인간에게 주어진 최고의 행운은 독서가 아닐까 싶다.

먼저 담배를 태우러 나온 입주민이 없나 눈치를 살폈

다.

그러고 나서 노트북을 몰래 꺼내다가 그만 바닥에 떨어뜨렸다.

손이 미끄러워서도, 노트북이 미끄러워서도 아니었다.

예고 없이 들이닥친 끔찍한 통증 때문이었다.

10년 넘게 희귀성 난치병인 섬유근육통을 앓고 있다.

돌발통이 오면 출산과 똑같은 강도의 통증을 느끼게 된다.

발목에서 시작된 통증은 무릎과 허리를 타고 올라와 어깨까지 휘감았다.

전신 통증은 익숙해질 법도 됐는데 늘 견디기 힘들다.

불에 타는 듯한 고통이 이런 느낌일까?

역겨운 통증 때문에 오늘도 땀으로 흠뻑 젖었다.

하늘색 근무복과 양말, 속옷까지도 축축하다.

이마에 송골송골 맺힌 땀방울이 바닥으로 뚝뚝 떨어졌다.

나는 괴로움을 견뎌내지 못하고 책상에 머리를 세게 내

리쳤다.

'쾅쾅쾅!'
이상하다. 머리엔 아무런 감각이 느껴지지 않는다.
오늘처럼 극심한 통증이 찾아올 때면 딱히 할 수 있는 게 없다.
그저 고통이 빨리 지나가길 바라는 것뿐이다.

시간이 얼마나 흘렀는지는 정확하게 모르겠다.
한 시간여 정도 지났을까?
통증이 점점 가라앉으면서 제정신으로 서서히 돌아왔다.
그리고 책상에 박은 이마가 이제야 아프다.
시퍼렇게 멍이 들고 혹이 났다.

땀범벅으로 엉망진창이 된 얼굴은 내겐 꽤나 익숙한 장면이다.
손바닥으로 땀을 쓸어내리며 옷이라도 말릴 겸 바람이라도 쐬고 싶었다.

가죽 장갑과 패딩 장갑을 두 겹 끼고 경비실 밖으로 나왔다.
차가운 겨울바람이 마치 봄바람처럼 시원하게 느껴졌다.
봄바람을 닮은 겨울바람을 맞으며 경비실에서 일곱 걸음을 옮겨, 환하게 켜져 있는 가로등 앞에 섰다.

고개를 치켜들어 밝은 가로등을 올려다보았다.
가로등 위에 더 밝게 떠오른 달빛이 예뻐서 그만 혼잣말을 했다.
"이만하길 정말 다행이다."

세상은 종종
내게 지나치게
과분한 걸
요구할 때가 있다.

만만한 사람

내가 근무했던 아파트의 입주민 대부분은 부유층에 속했다.
대학교수, 사업가, 병원장, 변호사 등등의 직업을 가진 분들이 많았다.
여유가 있는 만큼 입주민 자녀들은 콜택시를 자주 불렀다.

주말 저녁에는 약속이 더 많아서인지 많은 택시가 아파트로 들어온다.
콜택시가 아파트에 들어오면 경비원들은 더 신경을 써야 한다.
주차 문제로 입주민들의 불편을 야기할 수도 있기 때문이다.
그런데 꼭 한 달에 한 번씩은 콜택시가 말썽을 부린다.

택시 한 대가 아파트 정문 출입구 차단기를 가로질러

정차했다.
입구와 출구 모두를 막아버린 것이다.
대부분의 기사님은 차를 길가에 정차해달라고 정중하게 말씀드리면 바로 빼주시지만, 가끔은 당당한 기사님도 있다.
그날 저녁도 그랬다.

운전석으로 가서 '똑똑' 노크를 했다.
창문이 다 내려가기도 전에 허스키한 목소리를 가진 남자가 귀찮다는 듯 말했다.
"아, 왜요?"
눈 끝에 상처가 있는 택시 기사님의 인상은 강렬했다.
영화 〈신세계〉에서 "거 죽기 딱 좋은 날씨네"라는 명대사를 남긴 배우를 닮았다.

"선생님, 죄송한데 여기 차 들어오고 나가는 곳이라서요."
"그래서 뭐 어쩌라고요?"
"실례지만, 차를 조금만 앞으로 옮겨주실 수 있을까

요?"

"그럼, 실례하지 말든가? 잠깐 좀 댑시다. 나보다 나이도 한참 어려 보이는구먼."

"여기 주차하시면 입주민분들이 집에 들어가질 못해요. 양해 좀 부탁드릴게요."

"거참. 더럽게 깐깐하게 구네. 손님 금방 태우고 나간다고."

그때, 택시 뒤에 있는 차에서 '쾅!' 하고 차 문 닫는 소리가 들렸다.

우리의 실랑이를 보다 못한 뒤차 운전자가 차에서 내리며 문을 세게 닫은 것이었다.

입주민의 화가 걸음걸이에서 느껴졌다.

덩치가 큰 입주민은 위협적으로 택시 기사에게 소리를 질렀다.

"뭐라고! 차 빼라고!"

택시 기사는 액셀을 성급히 '부앙' 밟으며 차를 길가에 댔다.

씩씩거리는 입주민이 다시 차로 돌아가며 내게 말했다.
"강하게 나가요, 강하게. 좋게 말하니까 한 귀로 듣고 한 귀로 흘리잖아요."

예의를 갖추면 좋은 사람이 되는 게 아니라 만만한 사람이 될 때가 있다.
만만한 사람이 반복되면 쉬운 사람이 되고, 쉬운 사람이 반복되면 막 대해도 되는 사람이 된다.
기본적인 예의가 삭제된 행동에는 적당한 화를 낼 줄도 알아야 한다.
상황에 맞지 않는 분노는 진상이지만, 화를 내야 할 때 참으면 만만한 사람이 된다.

편한 사람이
되려고
노력하다 보면

어느새
쉬운 사람이
되고 만다.

소중한 시간의 의미

두 달에 한 번 등기를 찾으러 오시는 입주민이 있었다.
나이는 육십 대 초반으로 보였다.
대학교 교수였던 그가 인상 깊게 기억되는 건 배려심 있는 태도 때문이었다.

남자는 늘 경비실 문을 열면서 같은 인사를 건넸다.
아들뻘밖에 되지 않는 나에게 항상 허리를 90도로 굽혀 인사를 하셨다.
말씀은 늘 토씨 하나 틀리지 않고 똑같았다.
"소중한 시간을 빼앗아서 죄송합니다. 등기 하나 찾을 수 있을까요?"

그 말을 네 번째쯤 듣던 날, 난 궁금해서 견딜 수가 없었다.
"저, 실례가 안 된다면 하나만 여쭤봐도 될까요?"
그는 잠깐 나를 응시하더니 대답했다.

"네, 물어보세요."

"항상 소중한 시간을 빼앗아서 죄송하다고 말씀하시잖아요. 저희를 배려해서 하시는 인사 말씀인가요?"

내 말에 그분은 인자한 미소를 지으셨다. 눈가에는 세월이 느껴질 만한 주름도 졌다.

"그게 여태 궁금해서 저를 빤히 보셨던 거예요?"

"아, 네. 어느 순간부터 궁금해지더라고요."

당황스러울 수도 있는 내 질문에 교수님은 꽤나 진지한 자세로 답해줬다.

"그러면 한 번 시간을 되감기 해보시겠어요? 지나간 시간들을 말이죠.

알고 보면 소중했던 시간들은 모두 찰나였죠. 아주 짧은 시간에 일어난 일들이 대부분이었어요.

제가 말을 거는 짧은 순간에도 당신의 소중한 시간을 빼앗을 수도 있어요. 단지, 그것뿐입니다."

그 말을 끝으로 교수님은 90도 인사를 하고 자리를 떠나셨다.

의자에 앉아 창밖을 멍하니 바라봤다.
'소중한 시간은 모두 찰나였다. 아주 짧은 시간에 일어난 일들이 대부분이었다….'
설득력 있는 말씀이었다. 연륜에서 묻어난 말이기도 했다.

하지만 나는 조금 다르게 생각한다.
소중했던 시간들이 모두 짧았던 게 아니라, 소중했던 시간들이 유독 짧게 느껴졌던 것이 아닐까.

소중한 사람들과 함께 시간을 보내면 자주 뱉게 되는 문장이 있다.
'뭐야? 벌써 시간이 이렇게 됐어?'
소중한 시간은 길어도 그 순간만큼은 짧게 느껴진다.
스무 살의 풋풋한 시절이라든가, 첫사랑과의 첫 데이트가 그랬다.

달콤했던 시간들은 입안의 솜사탕처럼 녹아내린다.
반면 원치 않는 시간은 1분 1초가 길게 느껴진다.

근무시간이나 어색한 사람과의 만남은 시간이 느린 재생으로 흘러가곤 했다.

소중한 시간이
짧았던 게 아니라,
소중했던 시간들이
유독 짧게
느껴졌던 것이 아닐까?

산타 할머니

비닐이 바람에 날려 바스락거리는 소리가 들렸다.
역시나 경비실 앞에는 윌 요구르트 여섯 병이 놓여 있다.
이번이 벌써 다섯 번째다.

양손을 입가에 모아 이미 멀리 걸어가신 할머니의 등 뒤로 외쳤다.
"할머니, 매번 감사해요! 잘 마실게요."

등이 굽은 할머니는 오늘도 별것 아니라는 손짓을 펄럭인다.
유난히 수줍음이 많은 할머니는 늘 한결같았다.
흰 비닐에 담긴 윌 요구르트를 문 앞에 놔두고 인기척도 없이 사라지신다.
고마운 마음에 작은 캔 음료를 건네도 봤지만, 끝끝내 받지 않으셨던 할머니는 같은 말만 반복하셨다.

"손자 같아서 그래. 손자 같아서."

그래서 할머니의 애칭은 언제부턴가 산타 할머니였다.
양말 대신에 봉지를, 선물 대신에 윌 요구르트를 몰래 두고 도망치셨다.
다른 점이 하나 있다면 일년에 한 번 오는 게 아니었다.
매주 오신 적도 있고 이틀 만에 오신 적도 있다.

경비원으로 일하면 마음이 긁히는 일들이 자주 일어나는 게 사실이다.
하지만 산타 할머니 덕분에 마음이 따뜻해지기도 한다.
반복되는 일상 속에서 위로가 되어준 것들은 거창한 것들이 아니었다.
작은 배려나 사소한 언어에서 시작됐다.

지친 하루 끝에 "고생했어"라는 말 한마디를 들었을 때 마음의 온도가 달라지는 것처럼, 우린 대개 사소한 것들로 위로받는다.

누군가 내 이야기를 들어주는 것만으로도 위로가 되고, 때론 곁에 있어주는 것만으로도 위로가 된다.

배려도 마찬가지다.
작은 배려가 반복되면 누군가에겐 감동이 된다.
그리고 나에게 위로를 건네는 방법도 어렵지 않았다.
그저, 남에게 건넸던 한마디를 나에게 건네면 그것이 위로의 한 문장이 된다.

위로가 되더라.
남에게 건넸던 한마디를
나에게 건네면.

쓰레기는 어디에 버리면 되나요?

오후 2시. 서랍에 넣어둔 목장갑을 꺼냈다.
각 동에 있는 음식물 쓰레기통을 비워내야 할 시간이다.

더럽혀진 장갑을 툭툭 털며, 분리수거장 중앙에 위치한 음식물 쓰레기통으로 걸어갔다.
역시나 음식물 찌꺼기가 노란 음식물 쓰레기통 바깥에 여기저기 묻어 있다.

일단 주위에 꼬여 있던 파리들을 내쫓고 뚜껑을 열었다.
먼저 음식물 양부터 확인해야 한다.
음식물이 절반 이상 채워져 있으면 통을 바꿔주기만 하면 된다.
의외로 간단한 작업이다.
하지만 뚜껑을 열자마자 고약한 냄새가 코끝을 찌른다.

음식물이 자유롭게 버무려진 모습은 볼 때마다 적응이 안 된다.

2단지에는 총 여덟 개의 음식물 쓰레기통이 있다.
하루에 적게는 350리터, 많게는 500리터의 양이 나온다.
웬만한 비위를 가진 게 아니면 음식물 쓰레기를 치우는 건 쉬운 일이 아니다.
하지만 정신적으로 힘든 것에 비하면 아무것도 아니다.

음식물 쓰레기를 시원하게 비운 그날 밤 11시 47분.
인터폰에서 벨 소리가 요란하게 울렸다.
"띠리링 띠리링."
202동 1203호.

이젠 동, 호수가 낯설지 않게 느껴진다.
또 시작인가라는 생각만 들 뿐이다.
층간 소음 민원이다.

윗집에서 또 발소리가 들리니까 인터폰을 대신해달라는 것이었다.

층간 소음 문제는 입주민들이 굉장히 예민하게 반응하는 민원 중 하나다.
그래서 경비원들도 참 곤란한 경우가 많다.
피아노 소리, 아이들 뛰는 소리, 심지어 오늘처럼 발소리까지 아랫집에서 민원이 들어온다.

우리는 중재자 입장에서 윗집에 최대한 정중하게 아랫집 의사를 전달해줘야만 한다.
떨리는 마음으로 1303호에 인터폰을 걸었다.
"안녕하세요? 늦은 시간에 죄송합니다."
"또 왜 그러시는데요?"
까칠하지만 익숙한 여성의 목소리였다.
"다름이 아니라 아랫집에서 발소리가 조금 난다고 해서요."
"으유, 지겨워 지겨워."
"네네. 죄송합니다."

"아니, 그러면 내 집에서 걷지도 말라는 거야? 어?"
"그런 뜻은 아니고요. 조금만 배려해주셔서 천천히 걸으시면 소리가 아랫집에 안 들리지 않을…."

뚜뚜뚜….
오늘도 말하는 도중에 인터폰을 끊어버렸다.
종종 있는 일이지만 적응은 잘 안 된다.

부글부글 끓어오르는 화를 꾹 누르며 바람이라도 쐬려고 창문을 열었다.
반쯤 열린 창틈으로 오후에 비운 음식물 쓰레기통이 보인다.
음식물 쓰레기통은 숨만 잠깐 참으면 금방 잘도 비워지던데, 사람에게 쌓인 감정 쓰레기는 어디에 비워야 하는 걸까?

감정의 모양은 다양하다.
사람과 사람 사이에서 늘 긍정적인 감정만 주고받을 수는 없다.

자랄수록 원치 않는 감정과 자주 마주하게 되고, 몸과 마음에는 응어리가 쌓여만 간다.
숨 막히는 과정 속에서 하나둘씩 알게 된다.
노동 중에 가장 견디기 힘들었던 노동이 존재한다면 그건 아마도 감정노동이 아니었을까?

때론 하루를

살아가는 게

아니라

버텨내기도

한다.

쓸모없는 경비원 주제에

정문에서 근무 일지를 쓰고 있는데, 할머니가 유리문을 거칠게 열었다.
씩씩거리는 호흡을 가다듬지 못했고 한 손에는 500밀리리터 페트병을 들고 있었다.
할머니는 다짜고짜 내게 손가락질을 하며 고함을 질렀다.

"이게 하늘에서 떨어졌는디. 느그들은 우리한테 돈 떼어가면서 이런 것도 하나 못 봐?"
갑작스러운 상황에 당황스러웠지만, 이내 침착함을 되찾고 할머니께 말했다.
"할머니, 죄송해요. 저희가 미처 신경을 못 썼네요. 어디에서 떨어진 거예요?"
"땅바닥에 떨어져 있던 거라고! 땅바닥!"
내가 잘못 들은 건가 싶었다.
아까는 분명 하늘에서 떨어졌다고 하셨는데, 지금은

또 땅에 떨어져 있었다고 하신다.

고개를 갸우뚱거리는 순간, 할머니 손에 쥐어진 생수병이 갑자기 얼굴로 날아왔다.
코끝이 시큰했고, 양 눈가에는 눈물이 찔끔 나왔다.
"벙어리여? 대답을 안 해, 대답을! 하여튼 요즘 젊은 것들은 매를 안 맞아서 말귀를 못 알아 처먹어. 우리 때는 신명 나게 매질을 해댔는데 으이구!"
그저 심술이 난 할머니인 줄 알았는데 만만한 상대가 아니었다.
대굴대굴 굴러 구석에 처박힌 생수병을 들었다.
그러고는 콧등을 비비며 억지로 잔 미소를 띠었다.
"할머니, 화 푸세요. 물병은 제가 바로 치울게요."
"그럼 네가 처리하지, 내가 해? 쓸모없는 경비원 주제에."

그 말을 끝으로 할머니는 경비실 문을 박차고 나가더니, 203동으로 기세등등하게 사라졌다.
할머니 모습이 사라진 뒤에야 안심이 됐다.

다리의 힘이 풀리면서 의자에 털썩 주저앉았다.
심장 소리는 내 귀에 들릴 만큼 빠르게 뛰고 있었다.
경비실 창문으로 빨갛게 부어오른 콧등이 비쳤다.

경비원 일을 하다 보면 세상을 이해하는 것보다 한 사람을 이해하는 것이 더 어려울 때가 있다.
존중이 사라진 태도는 반드시 상흔을 남긴다.
사람은 인격을 무시당했을 때 큰 허탈감에 빠지곤 한다.

좋은 기억보단 안 좋은 기억이 더 오래 남는다.
그렇지만 캐롤 터킹턴 작가의 유명한 문장처럼 '좋았다면 추억이고, 나빴다면 경험이다.'
나쁜 하루였다고 해서 나쁜 일상이 계속 이어지진 않는다.
피할 수 없는 경험이라면 차라리 부딪히는 게 현명할지도 모른다.
의미 없는 시간은 있을 수 있겠지만 쓸모없는 경험은 없었다.

어른이라는
이유로
부당한 대우도
참아야 했고,
힘든 감정도
숨겨야 했다.

참고
또 참다 보니
어느새
행복까지
참게 되었다.

근무환경을 소개해드릴게요

내가 근무하고 있는 아파트의 경비원은 열두 명이다.
여섯 명씩 A조와 B조로 나뉘어 일하는데, 나는 B조에 속했다.
24시간 근무를 서면 A조가 교대해주는 시스템이다.

우리 조에는 경비원 팀장 한 명, 출동대원 한 명, 경비원 네 명이 있다.
출동대원은 1단지, 팀장님은 2단지 상황실에서 CCTV를 본다.
직급이 따로 없으면 열 살 차이든, 스무 살 차이든 호칭은 형님으로 통일했다.

경비원들이 근무를 서는 곳은 각 단지 정문과 후문 경비실이다.
정문 경비실은 차량이 들어오는 출입구 차단기 바로 옆에 있다.

처음 정문 경비실에 들어갔을 때는 표정 관리가 힘들었다.
사람이 지낼 수 있는 공간인가 싶을 정도로 좁고 열악했다.
양손을 펼치면 모두 벽에 닿을 정도로 좁았고, 책상 유리 전체에 금이 갈기갈기 나 있었다.

금이 간 책상 위에는 무전기와 회색 인터폰이 얹어져 있었다.
인터폰은 테두리 부분이 통째로 떨어져나간 상태였다.
때문에 내부의 부속품들이 적나라하게 보였다.
그나마 괜찮은 곳은 책상 뒤편에 있는 철제 선반이었다.
그곳은 입주민들의 택배가 보관되는 장소였다.

정문에서 2분 거리에 있는 후문 경비실은 더 열악했다.
크기를 보고 놀라움을 감추지 못했다.
정문 경비실의 절반도 안 되는 아주 비좁은 공간이었다.

왼쪽 모서리에 있는 작은 라디에이터에는 먼지가 수북이 쌓여 있었다.
청소를 몇 년이나 안 한 건지 본연의 하얀색을 잃어버렸다.
바닥에는 동그란 먼지가 똘똘 뭉쳐져 대굴대굴 굴러다녔다.
환기를 안 시킨 건지 퀴퀴한 향이 떠다녔고, 책상 위에는 정문과 같은 무전기가 있었다.

이곳에서 경비원들은 정문과 후문 경비실을 번갈아 가면서 24시간 격일제로 근무하게 된다.
하루는 정문, 다음은 후문에서 근무를 서는 방식이다.

열악한 근무환경이지만, 일을 할 수 있다는 것에 감사했다.
앞으로 어떤 일이 더 펼쳐질지는 모르겠지만, 그냥 시간만 빈둥빈둥 보내면서 월급만 꼬박꼬박 챙겨 가고 싶지는 않다.
작은 일이라도 도움이 필요한 사람들에게 다정한 경비

원이 되고 싶다.

어떤 입주민은 나의 직업이 집을 지키는 천박한 머슴에 불과하다고 말하곤 했다.
아무렴 어떨까. 현대판 머슴일지라도 현재 주어진 일에 충실하며 나의 길을 걸어 나가야겠다.
사람마다 각자의 길이 있을 뿐 틀린 길은 없다.

잘하는 것과
잘하고 싶은 것이
다를 순 있지만
잘 해내고 싶은 마음은
여전하다.
때론 삶이
내 뜻대로
흘러가지 않더라도
잘 해내고 싶은
마음만 가지고 있다면
잘하고 싶은 걸
잘 해낼 날이 올 것이다.

별것 아닌 것들

이십 대 중반에 트레이너로 일한 적이 있다.
당시 헬스장 운동 기구는 유독 잔 고장이 많았다.
AS 기사님은 올 때마다 불친절했고, 말투는 늘 까칠했다.

그러다가 건강이 안 좋아져서 일을 쉬게 되었다.
겨울은 따뜻한 집에서 보냈고, 봄이 되어서야 다른 헬스장에서 일을 다시 시작할 수 있었다.
새롭게 일하게 된 헬스장은 회원이 적어서 일하기엔 편안한 환경이었다.
그런데 첫 출근을 하자마자 기구가 고장 났다.

우연의 일치였을까. 이전 헬스장과 동일한 AS 기사님이 왔다.
의아하게도 기사님은 들어올 때부터 내가 알던 사람이 아니었다.

까칠하거나, 불친절하지 않았다.
미간에는 주름살이 잡혀 있지 않았고, 표정은 온화해 보였다.
다른 사람으로 착각한 줄 알았다.

왜 기사님이 다르게 보였는지 금방 알 수 있었다.
선배 트레이너가 기사님을 대하는 태도 때문이었다.
“선생님, 오시느라 힘들었죠?”
선배는 시커먼 기름때가 묻은 기사님의 손에 시원한 캔 음료를 쥐여주었다.

고장 난 운동 기구부터 가리키던 나의 태도와는 확연히 달랐다.
“아유, 뭘 또 이런 걸.”
“선생님이 항상 기구를 잘 고쳐주셔서 감사해서 그러죠. 날씨도 더운데 정말 고생 많으세요.”
첫 출근을 한 날 기사님의 평온한 미소를 처음 봤다.

솔직히 선배가 보인 말과 행동은 크게 어려운 일은 아

니었다.

아주 간단했다. 그렇지만 잔 고장이 많다며 불만만 토로한 나와는 확실히 달랐다.

기사님의 까칠한 말투는 성격이 아니라 나의 말에서 시작되었던 것이다.

나의 감정에만 치우친 말은 상대의 언어도 시들게 만든다.

나는 상대방에게 따뜻한 말을 듣기 원하면서, 정작 나의 언어는 차가웠다.

돌이켜보면 별것 아닌 것처럼 느껴지는 "고마워"라는 표현 한마디가 나의 태도를 달리 만들었다.

하지만 나의 말에 가시가 있으면, 상대의 마음가짐에도 뾰족한 모서리가 돋아나곤 했다.

내가 던진 사소한 말이 상대에겐 상처가 될 수도 있다.

무심코 뱉은 단순한 말 한마디가 하루의 기분을 결정짓기도 한다.

가끔 이런 말이
듣고 싶다.
지금 여기까지
온 것도
잘 해낸 거라고.

오늘 하루도
충분히 잘
살아냈다고.
내일은 분명히
행복한 하루가
펼쳐질 거라고.

우리 집이 어디였더라?

"1단지 후문, 2단지 후문 근무자는 빨리 103동으로 와!"
무전기에서 출동대원님의 다급한 목소리가 들렸다.

'순찰 중' 팻말을 걸어놓고 곧장 103동 현관문으로 뛰어갔다.
팀장님과 출동대원님이 먼저 엘리베이터를 잡고 기다리고 있었다.
뒤따라 우식 형님도 탑승했다. 엘리베이터 안은 이미 12층 버튼이 눌려져 있었고, 무언가 느낌이 심상치 않았다.
엘리베이터 문이 열리자 활짝 열려 있는 1202호 현관문이 보였다.
접시 깨지는 소리와 여성의 비명 소리가 복도에 울려 퍼졌다.
집 안은 난장판이었다. 거실엔 유리 파편들이 조각조

각 튀어 있었고, 남자는 주방에 있는 도구들을 모조리 집어 던지고 있었다.
넥타이를 풀어 헤친 옷차림새가 술에 만취한 상태였다.

"끌어내요! 끌어내!"
비명을 지르던 여자가 발을 동동 구르며 남자를 가리켰다.
주방 도구를 던진 남자는 여자의 남편이 아니었다. 모르는 사람이었다.
우린 남성에게 달려들어 양팔과 양다리를 붙들었다.
저항이 강해서 겨우겨우 밖으로 끌어낼 수 있었다.
복도로 나온 팀장님이 경찰에 전화하려는 순간, 우식 형님이 말렸다.
"팀장님, 이분 아랫집 입주민인 것 같은데요?"

술에 만취한 남자는 정말 아랫집 남자였다.
아랫집 남자는 윗집을 자신의 집으로 착각했고, 윗집 여자는 자녀가 학원에서 돌아올 시간이라 초인종 소리에 의심 없이 문을 열어주었다.

집에 들어간 남자는 낯선 여자가 집에 있으니 나가라고 물건을 던지고 소란을 피웠던 것이다.

만취한 남자는 제멋대로였다.
다시 1202호로 뛰어 들어가려 했고 돌발 행동을 멈추지 않았다.
우린 남자를 들고 계단을 통해 아래층으로 내려갔다.
한 손으로 1102호 초인종을 꾹 눌렀다.
"누구세…."
여성은 말끝을 매듭짓지 못했다.
초인종 너머로 후다닥 뛰어오는 소리가 들리더니, 현관문이 벌컥 열렸다.
"으이구, 내가 못 살아. 못 살아."
아내는 남편에게 등짝 스매싱을 세 차례 날렸다.
우리에겐 미안하다며 남편을 집 안으로 쑤셔 넣었다.

이번 민원은 술이 문제일까, 사람이 문제일까.
아마도 '술을 마신 사람'의 문제가 아닐까.
사람이 술을 마셔야지 술이 사람을 마시면 안 된다.

술이 사람을 마시면 사람이 사람에게 피해를 준다.

술주정은 그 사람의 본모습이라는 흔한 말이 있다.
틀린 말은 아닌 것 같다.
술에 취하면 평상시에 보지 못했던 다른 이면의 모습이 드러난다.
소심했던 성격이 다혈질로 변하고, 폭력성이 짙어지는 사람도 있다.
그동안 참아왔던 분노를 억제하지 못하고 본심이 나온 것이다.

이런 부류의 술주정을 가진 사람은 주위 감정까지도 어둡게 물들인다.
눈치를 보게 만들고 흥겨웠던 자리를 불편한 자리로 바꾼다.
적당한 음주는 관계를 형성하지만 지나친 음주는 관계를 망친다.
적당한 음주는 분위기를 살리지만 지나친 음주는 분위기를 망친다.

무엇이든 적당한 게
중요하단 걸 알지만
적당히가 제일 어려웠다.

약자에게 약한 어른

술잔이 요란하게 부딪쳤다.
소주와 삼겹살 냄새가 뒤섞인 가게 안은 시끌벅적했다.
연장근무처럼 느껴지는 회식 자리는 언제나 불편하다.
더 불편한 건 아무래도 경비 실장님이다.

"야, 내가 너희들 일 시켜줘서 먹고사는 거 알기는 하냐? 근데 꼴랑 술 얻어먹는 거로 퉁 치는 걸 고마워해야지. 안 그래? 이런 상사가 어디 있냐?"
실장님은 늘 본인 덕분에 우리가 먹고산다는 말을 강조한다.

또 술을 지나치게 사랑해서 회식을 매주 하자는 제안도 했다.
회식비는 모두 경비원이 부담했다.
하지만 경비원들을 총 관리하는 실장님은 제외였다.

폭탄주를 들이켜면서 실장님은 입버릇처럼 말하곤 했다.
"경비? 까놓고 하는 일도 없잖아? 그냥 무시하면 무시당하다가 밤만 새우고 퇴근하면 되는 거지."

실장님은 정규직이라서 저녁 6시면 칼 퇴근이다.
밤샘 근무에 대해선 모른다.

무엇보다 가지고 있는 언어가 거친 사람이었다.
특히 나와 같은 조 민욱 형님에게는 강도가 좀 더 셌다.
"고기 타잖아, 인마. 나이 처먹고 고기 하나 구울 줄도 모르고 뭐 했냐?"
집게로 뒤집은 고기는 적당한 육즙이 보슬보슬 맺혀 잘 익기만 했다.
까맣게 탄 흔적은 전혀 없었다.
그렇지만 실장님의 꾸지람은 멈추지 않았다.
듣는 사람이 무안할 정도였다.

'대가리에 똥만 들었다'라는 말로 자존심을 깎아내렸다.

다행히 다음 회식은 고깃집이 아니었다.
팀장님은 아무런 상의도 없이 한식 뷔페로 예약했다.
실장님의 악담에서 우리를 지켜내려는 팀장님의 배려였다.

“뭐 이딴 곳에서 회식을 하냐?”
회식 장소에 도착하면서부터 실장님은 언짢은 티를 팍팍 냈다.
두터운 입술이 살을 비집고 삐죽 튀어나왔다.
“아시다시피 저희 팀원들은 술 먹는 사람이 없습니다.”
“회식은 술이지. 누가 회식을 뷔페에서 하냐고?”
“경비원들은 항상 밤샘 근무를 하느라 고생하는데 배부르게 먹이기라도 해야죠.”
“고생? 고생은 무슨. 할 일 없이 노는 거지.”
놀고 있다는 말끝에 팀장님의 눈빛이 매서워졌다. 그리고 단호하게 말했다.
“그냥 들어가시죠? 예약도 해놨습니다.”
실장님은 주춤하더니, 태연한 척 눈을 회피하며 대답했다.

"그… 그래…. 배불리 먹이든가 말든가."

팀장님은 실장님에게 미운털이 박힌 직원이었지만, 힘없는 경비원들에겐 유일한 보호막이었다.
경비원들이 부당하게 대우받는 걸 참지 못했고, 강자에겐 강하고 약자에겐 약한 사회에서 보기 힘든 어른이었다.

진정한 어른은 단순히 나이가 많은 것을 뜻하지 않는다.
진정한 어른은 약자를 대하는 태도에서부터 시작된다.
약자에게 강한 사람은 어른스럽게 느껴지지 않는다.
오히려 약자를 배려할 줄 아는 사람이 어른스럽게 느껴진다.
자신의 힘을 남용하지 않고, 자신을 낮추는 자세를 가진 사람이 어른스러워 보인다.

한 번쯤은 고민해봐야 한다.
우린 어떤 어른의 태도로 살아가고 있는지.

물론 사회는 강자에게 약한 사람이 될 수밖에 없는 구조다.
하지만 적어도 약한 사람에게 강한 사람이 되지는 말아야 한다.
약자에게 강한 사람이 될지, 약한 사람이 될지는 내가 선택할 수 있는 문제다.
다만, 약자 앞에서 쉽게 힘을 드러내는 사람은 자신의 마음이 궁핍한 사람이 아닐까.

어른이
되고 나면
알게 된다.
세상은
할 수 있는
것보다
할 수 없는 게
많았고,

우리는
하고 싶은
것보다
하기 싫은 걸
더 많이 하며
살아가야
한다.

일 년에 일곱 명이 해고되는 곳

“2단지 정문 입초 근무 시작하겠습니다.”

보고를 하고 검은색 무전기를 제자리에 내려놓았다.
입초 근무(해당 초소에서 입주민들의 차량 출퇴근을 도와주는 것)에 나가기 전에는 항상 양 소매와 바짓단을 위로 끌어올려 스프레이형 파스로 도배한다.
그리고 이젠 습관이 되어버린 두 겹의 장갑을 꼈다.
차가운 겨울바람에 손을 보호해야만 한다.

사실 내겐 레이노이드라는 병명이 하나 더 있다.
다행히 섬유근육통까지의 통증 강도는 아니다.
다만 시원한 가을바람에도 손끝이 베일 듯 아프다.
그래서 365일 내내 가죽 장갑을 곁에 두어야 한다.

입초 근무는 하루 한 시간씩 두 번이다.
나의 왼손에는 빨간색 경광봉이 쥐여져 있다.

입초 때는 교통이 원활하게 흐르도록 차량 통제를 해줘야 한다.
그래야만 입주민분들이 출퇴근할 때 편리하다.
도로에 나가 적절한 타이밍에 경광봉으로 직진하는 차들을 막고, 입주민 차량을 먼저 보내줘야 한다.
또 입주민들에게 손끝이 눈썹에 닿게끔 경례를 표한다. 경례는 관리실에서 내려온 특별 지시사항이다.

처음엔 "경비원이 무슨 경례까지 해요?" 토를 달고 싶었지만, 일이니까 어쩔 수가 없다.
그래도 한 시간 입초 시간은 언제나 짧게 느껴진다.
1단지 근무자인 우식 형님과 많은 이야기를 나누어서다.
1단지와 2단지 정문 경비실은 열 걸음 거리에 붙어 있다.

형님은 스트레스를 수다로 푼다. 귀가 심심할 틈이 없다.
내가 알지 못한 내부 사정도 모두 우식 형님이 들려준

다.

그런데 입초 근무를 나온 우식 형님이 대뜸 신경질을 냈다.

"아이씨, 우리 늦게 퇴근한다."

"갑자기요? 왜요?"

우식 형님은 푹 눌러썼던 경비원 모자를 벗었다가 다시 썼다.

실장님이 옆 조 경비원을 잘라서 이름도 처음 들어본 대근이 시작될 거라고 했다.

대근을 하게 되면 11시간을 연장 근무해서 총 35시간 근무를 서야 퇴근할 수 있다.

35시간이라니, 벌어진 입이 다물어지지 않았다.

사람은 잘렸지만 본사에는 사람이 근무하고 있는 것처럼 서류를 처리한다고 했다.

남은 한 사람분의 월급은 담당 회계랑 실장님이 나누어 갖는다.

"다음은 민욱이 차례일 거야. 회식 자리에서 너도 봐서

알겠지만. 너도 조심해. 널 뽑은 건 나이가 어려서야. 어리면 자르는 것도 수월하니까 미리 말해주는 거야."

우식 형님은 확신에 찬 말투였다.

그리고 얼마 지나지 않아 우식 형님의 말이 사실일 수도 있다는 의심이 들었다.

새벽 4시경이었다.

후문에서 새벽 순찰을 마치고, 1단지 상황실에 체크키를 놔두러 갔을 때였다.

갈색 가죽으로 덮인 체크키를 실장님 책상에 내려놓았다.

평소에 신경 쓰지도 않던 책꽂이에 왜 눈길이 갔던 걸까.

하얀색 서류 한 장이 비스듬히 누워 있었다.

우식 형님이 잘렸다고 말한 그 형님의 근무 일수가 적힌 서류였다.

2일에 해고된 형님은 28일까지 근무를 했다고 기재되어 있었다.

서류 아래엔 실장님의 직인까지 찍혀 있었다.

서류를 미리 허위로 작성해둔 것이다.

언젠가 우식 형님이 내게 말한 적이 있었다.
내가 입사하기 전 근무자도 부당 해고되었다고 말이다.
실장님이 잘하는 건 경비실에 찾아가 작은 꼬투리를 잡고 늘어지는 것이니 조심하라는 조언도 해주었다.
책상 모서리에서 손톱만 한 먼지가 묻어난다든가, 택배가 비스듬히 정리되어 있으면 하이에나처럼 달려든다고 했다.
시말서를 쓰게 만들기 위해서다.
시말서 세 번 제출 시 강제 해고할 수 있다.
그 점을 노린 것이다. 때문에 일 년에 일곱 명이 해고되었다.

사계절을 보내는 동안 항상 똑같았다.
한 명이 해고되면 경비원 자리는 한 달 동안 무조건 사람을 구하지 않았다.
실장님이 그만둔 직원의 월급을 챙기기 위해서다.

하루 일당이 19만 원이니 꽤 쏠쏠한 수입원이다.

본사는 허위로 작성된 서류를 믿었을 뿐, 파견직 근무지인 아파트에 오지는 않았다.

그래서 경비원 채용 면접도 짧으면 보름, 길면 3주가 지난 뒤에 공고를 올렸다.

그리고 우식 형님의 말처럼 민욱 형님은 일주일 만에 해고됐다.

타인의 시선을

신경 쓰다 보면

어느새 타인이

바라보는 세상과

닮아간다.

2. 말은 자기소개서와 같다

언어에는 향기가 있다

나와 교대하는 형님의 별명은 국장이다.

잘 씻지 않아서 국장이라고 불린다.

풀네임은 청국장이다.

꿉꿉한 냄새가 몸에 배어 있고, 출근해서 교대할 때는 땀 지린내가 경비실 안을 가득 채운다.

형님이 택배나 기타 사항을 전달할 때는 숨부터 참아야 한다.

입 냄새도 극심하다. 구린내가 코끝을 습격한다.

형님이 퇴근하면 먼저 창문을 활짝 열어젖혀 환기부터 시킨다.

의자는 30분간 사용 금지다.

바로 앉으면 땀 냄새가 스며들어 하루 종일 따라다닌다.

형님의 역한 냄새는 싫지만, 형님은 미워할 수 없는 사람이다.

냄새를 싫어하는 경비원은 많지만, 형님의 인간미를 싫어하는 사람은 없다.

"오셨어요?"

이 말은 형님이 아침마다 내게 건네는 인사다.
형님은 나에게도 존댓말을 사용한다.
나이는 열네 살 차이다.
말씀을 편하게 해달라는 나의 말에도 허허 웃기만 한다.

오래 같이 일해온 형님에게 낮춤말을 들은 적이 없다.
작은 부탁을 할 때면 앞에 수식어를 항상 붙였다.
"정말 미안한데…", "정말 죄송한데…."

형님은 아랫사람에게도 공손했다.
한참 어린 동생에게도 먼저 예의를 갖추었다.

형님 말에는 언제나 존중이 담겨 있었다.
피곤해서 한 번쯤은 흐트러질 법도 한데 말의 중심을 잃는 법이 없었다.

중심이 잡힌 말에는 한 사람의 성품이 드러난다.
어떤 말을 듣느냐에 따라서 내가 상대를 대하는 자세도 달라진다.
간단한 대화만 나눌 때도 그렇지 않았을까.
말만 잘하는 사람에겐 믿음이 안 가지만, 말을 예쁘게 하는 사람에겐 마음이 간다.

다정한 사람이
좋다.
다정한 말투.
다정한 배려.
다정한 눈빛.

다정한 사람은
나를 다정한
사람으로
만들어버린다.

그냥, 이해가 돼

2단지 경비원 영진 형님의 별명은 스마일 맨이다.
늘 웃음을 잃지 않았고, 특유의 유머 감각으로 분위기를 잘 띄우기 때문이다.

다만 덜렁대는 면이 있어서 실수가 잦았다.
입주민이 찾아갈 택배를 반품시켜버리고, 민원을 느긋하게 처리해서 항의를 듣는 일도 많았다.
실수가 잦아 입주민에게 험한 욕설을 듣는 날도 있었고, 경비실에 있는 비품으로 맞은 적도 더러 있었다.
심지어 뺨을 맞는 일도 있었는데, 그때도 서글서글한 미소를 잃지 않았다.

영진 형님은 분노라는 감정이 없는 걸까.
AI도 아니고 어떻게 손찌검을 당한 상황에서 미소가 나올 수 있는 걸까.
아무리 생각해도 의아했다.

저녁 교대 시간에 형님께 넌지시 물어봤다.

"아니, 형님은 화도 안 나세요?"

"화? 화는 당연히 나지."

의외의 대답이었다.

항상 웃는 모습만 봐서 당연히 '아니'라고 대답할 줄 알았다.

"그냥 입주민이 이해가 돼서."

"아무리 잘못해도 그렇죠.

욕하고, 뺨을 때리는데 어떻게 이해가 돼요?

전 이해 안 돼요."

"그런 말 들어봤지? 부모는 자식의 거울이라는 말.

과격한 사람들 중에는 부모에게 상처를 받은 사람들이 많아.

어디서 주워들은 거긴 한데, 맞는 것 같아.

그래서 이해가 돼.

나와는 다른 환경의 삶을 살았을 수도 있잖아.

지금은 돈 잘 버는 사업가, 변호사라도 어떤 환경에서

성장했는지는 아무도 모르는 거잖아."

형님은 처음으로 자신의 유년 시절에 대한 이야기를 들려주었다.
형님의 어머니는 매일 형님을 품에 꼭 안고는 "네가 우리에겐 가장 소중한 아들인 걸 잊지 마렴", "너는 사랑받기 위해 태어난 사람이란다"와 같은 말씀을 해주셨다고 한다.
가족 이야기를 하는 내내 형님의 입가는 내려오질 않았다.
행복해 보였다. 덕분에 형님은 자기애와 자존감이 높았고 매사에 긍정적이었다.

"확실한 건 말이야,
사랑을 받아본 사람은 사랑을 줄 줄 알지만, 상처를 받아본 사람은 상처를 줄 줄도 안다는 거야."
평소 형님답지 않은 논리적인 말에 고개를 끄덕였다.
"사람과 사람 사이에서 다름을 인정하긴 힘들어. 하지만 다름을 인정하는 연습을 하다 보면 어느새 관계 속에서 평화가 찾아오곤 해.

인간관계도 그렇잖아? 관계가 어긋나는 시점은 나와 상대가 다르다는 걸 인정하지 못하는 데서 출발하니까."

무엇을 하느냐보다
어떤 사람과
함께하느냐에 따라서
내가 마주한 세상이
다르게 보이기도 한다.

주임님의 고귀한 언어

봄이면 경비실 옆에 있는 목련나무에 꽃이 핀다.
처음 일을 시작했을 땐 어떤 나무인지도 몰랐다.
겨울이라서 나뭇가지만 덩그러니 뻗어 있었고 나무라고 하기엔 크기도 조금 작았다.
성인 남자 키 정도였다.

그 작은 나무가 매해 봄마다 하얀색 꽃을 피웠다.
꽃이 필 때마다 입주민들은 사진을 꼭 찍었다.
아주머니, 아저씨, 할머니, 할아버지… 연령과 성별을 가리지 않았다.

단지 안에는 이름 모를 꽃들이 많았지만, 목련꽃의 인기는 남달랐다.
'찰칵' 셔터 소리가 매일 들렸다.
며칠을 유심히 지켜보던 주임님은 관리사무실로 들어가더니, 갈색 팻말을 들고 나와 가지에 매달았다.

직접 쓴 손 글씨였다.

평소 말을 상냥하게 하시던 주임님의 작품이었다.

> 백목련 꽃말은 고귀함입니다.
>
> 입주민분들은 무엇을 고귀하게 여기며 지내고 계신가요?
>
> 당연히 가족이 아닐까 싶네요.
>
> 근무하는 경비원들도 누군가의 고귀한 가족이랍니다.
>
> 경비원들에게도 고귀한 언어를 사용해주시면 정말 감사하겠습니다.
>
> 말을 아름답게 사용하는 사람은 마음씨까지 아름다워 보입니다.
>
> – 관리실 일동 –

주임님의 고귀한 언어는 상처를 주지 않는 언어인 것 같았다.

삶에 있어서 꼭 필요한 부분이다.

같은 말이라도 어떻게 하느냐에 따라서 상대의 기분이

달라진다.

말 한마디에도 감정의 온도가 변한다.

그러면 상처를 주지 않는 말은 어떤 의미일까.

아마도 상대를 배려하는 언어가 아닐까.

배려가 첨가된 말에는 상처가 없다.

배려가 곁들여진 말에는 다툼이 없다.

돌이켜보면 상처는 배려가 없는 말에서 시작되었다.

하루의 끝에
늘 괜찮다고
말해주는
사람이
있었으면
좋겠다.

실수해도
괜찮고,
부족해도
괜찮다고.

여행이 주는 선물

우리는 반복된 일상에 지쳤다는 말을 '여행 가고 싶다'는 말로 대신해서 말한다.

만만치 않은 삶에서 어디론가 떠나고 싶은 욕구는 인간의 본능일지도 모른다.
간혹 위로를 받았던 건 익숙한 사람의 언어보다는 정처 없이 떠났던 낯선 풍경 속에서 시작되기도 했었다.

그때는 겨울의 끝자락이었다.
두꺼운 패딩을 껴입고 무작정 기차를 타고 부산으로 내려갔다.
이유는 단순했다.
밤샘 근무에 지친 기분을 달래고 싶었다.

부산 곳곳을 떠돌며 그동안 가고 싶었던 여러 서점을 둘러봤다.

서점마다 판매대에 진열된 도서가 조금씩 달랐고, 손님들의 연령대도 차이가 났다.
비슷하지만 다른 분위기를 느낄 수 있어서 새롭기만 했다.

오전부터 정신없이 둘러보다 보니, 어느덧 보름달이 마중 나와 있었다.
하루 종일 걸어서인지 허기가 졌고, 체력은 한계에 다다랐다.
빨리 집으로 돌아가 따뜻한 이불 속으로 풍덩 잠수하고 싶은 마음뿐이었다.

덕분에 발걸음이 빨라졌고 마음은 성급해졌다.
그런데 부산역으로 향하는 다급한 발걸음을 붙잡는 것이 하나 있었다.
바로 수영강이었다.

언젠가 수영강의 오염이 극심하다는 기사를 읽은 적이 있었는데, 내 눈에 비친 수영강은 기사와는 전혀 다른 모습이었다.
대교 밑으로는 잔잔한 밤 풍경을 그려내고 있었다.
겨울바람에 일렁이는 물결 위로 노란 달빛도 떠올랐다.
수영강은 조명에 둘러싸여 아름답게 빛을 내고 있었다.

주위를 기웃거리는 서늘한 공기에 손끝이 저릿하긴 했지만, 왠지 모르게 마음 한편에서는 은은한 미풍이 이는 것만 같았다.
나는 그 자리에 멈추어 서서 한동안 움직이지 못했다.
그저 겨울밤이 만들어낸 수영강을 물끄러미 바라만 보았다.

우린 평화롭지 않은 삶과 충돌하면 어딘가에 기대고 싶은 마음이 생긴다.
계획에도 없던 풍경을 우연히 마주하면, 응어리가 맺힌 무언가가 뻥 뚫린다.
새로운 풍경은 새로운 설렘을 안겨다준다.
여행은 삶의 일부이자 안식처가 되어준다.

가끔 삶이 무의미하게 느껴져서 왜 살아가야 하는지 이유를 찾지 못할 때가 있다.
그럴 땐 계획에도 없던 여행을 떠나보는 게 어떨까.
삶이 무의미하게 느껴지고 삶의 이유를 모르겠다는 건, 지금 당신의 마음이 지쳐 있다는 뜻인지도 모른다.

살다 보면
내 삶의 속도보다
세상의 속도가
빠르게 느껴질 때가 있다.

좋은 사람보다 더 만나기 힘든 사람

오후 4시에는 아파트 2층 시설물을 살펴봐야 한다.
2층 순찰은 순찰 중에 가장 간편한 순찰이다.
놀이터나 분수대가 파손되지 않았는지, CCTV가 잘 돌아가는지 확인만 하면 된다.

한 번씩 CCTV 위에 새가 앉으면 다른 화면을 비추기도 한다.
조치 방법은 아주 간단하다.
긴 막대기를 이용해 CCTV를 원위치로 되돌려놓으면 된다.

후문에서 2층은 아주 가깝다.
스무 걸음이면 2층으로 올라가는 계단에 다다른다. 한 걸음 한 걸음 내디디면서 2층이 보일 때쯤이었다.
넓고 휑했던 분수대 앞에 관리실 직원들이 모여 벽돌을 깨부수고 있었다.

입주민 민원이 들어왔다는 건 아침에 얼핏 들었다.
바닥 시공 문제였다. 금이 가고 여기저기 파인 곳이 많았다.

단순한 작업은 아니었다.
2층 바닥 전체를 교체해주어야 하는 막노동에 가깝다.
그런데 분수대 뒤로 익숙한 남자가 보였다.
수레에 가득 실은 벽돌을 나르며 숨을 헐떡이고 있는 팀장님이었다.

나를 발견한 팀장님은 수레를 내려놓더니, 검지를 펴 1층을 가리켰다.
고개를 갸우뚱하자 팀장님은 한 번 더 힘차게 아래층을 가리켰다.
다시 1층으로 내려가라는 것 같았다.

순찰을 시작도 못 해보고 왔던 길을 되돌아왔다.
"2단지 후문 복귀했습니다."
경비실에서 복귀 무전을 하고 무전기를 내려놓았다.

보통 관리실 작업이 있으면 후문 근무자가 지원을 하러 간다.
분명 내가 해야 할 일인데 몸이 아픈 나를 위해서 팀장님이 대신해준 것이다.

팀장님은 뜨거운 땡볕에서 보름 동안 일했다.
1층에서 2층으로 벽돌을 올리고 내리기를 수없이 반복했다.
그러면서도 아무런 일이 없는 척 평소대로 행동했다.
자신이 도와준 것이란 말도 하지 않았고 생색을 내지도 않았다.
오히려 요즘 건강은 괜찮냐고 안부를 물었다.

부하직원을 배려하는 상사를 만나는 건 복 받은 일이다.
감사한 마음이 들었다. 아니, 감사한 마음뿐이었다.

출근길에 산 커피를 가방에서 꺼내 휴게 시간에 상황실로 찾아갔다.

CCTV를 보고 있는 팀장님 책상 앞으로 슬그머니 커피를 건넸다.

"팀장님, 커피 드세요."

"이게 뭐니?"

"저 대신에 벽돌 나른 거 다 알아요. 죄송하고 감사합니다."

팀장님은 한동안 말없이 커피만 만지작거렸다.

그리고 커피에 빨대를 꽂으며 답했다.

"그래, 완석아, 잘 마실게. 하지만 다음부터는 이런 거 사 오지 마."

'다음부터는 이런 거 사 오지 마.'

이 말이 좋았다.

자신의 희생에도 이익을 바라지 않는다는 말이었다.

좋은 사람을 만나면 사람이 사람에게 위로받는 게 무엇인지 알게 된다.

그리고 좋은 사람을 만나는 것보다 더 힘든 건 좋은 상사를 만나는 것이다.

같이 있을 때

가치 있는 사람을 만나요.

언어가 쓸모없어질 때

무더운 7월의 평일이었다.
퇴근길에 버스를 기다리고 있는데, 세 명의 일가족이 정류장으로 왔다.

휠체어에 앉아 있는 열 살 정도의 아이는 눈의 초점이 흐렸다.
휠체어 손잡이를 꽉 움켜쥐고 있는 할머니는 연로해 보였다.
아이 앞엔 어머니로 보이는 사람이 서 있었다.

아이는 신체가 딱히 불편해 보이진 않았지만, 자폐 증상이 있는 듯했다.
빽빽 소리를 지르기도 하고 갑자기 벌떡 일어나 차가 쌩쌩 달리는 도로로 뛰어들어서, 하마터면 사고가 날 뻔했다.
옆에서 지켜보는 나는 조마조마했지만, 어머니는 당황

한 기색도 없이 아이를 능숙하게 통제했다.
할머니는 땀을 뻘뻘 흘리시면서도 손자 걱정뿐이었다.
행여나 손자가 더울까 봐 곁에서 부채질만 했다.

왜 휠체어가 있는지, 왜 할머니와 어머니가 아이의 앞뒤를 밀착하고 있었는지 알 것 같았다.
아이를 휠체어에 태우고 다니면 아이가 돌발 행동을 해도 시간을 지연시킬 수 있고, 아이를 케어하기도 편할 것 같았다.

마침 기다리던 버스가 도착했다.
나와 목적지가 비슷한지 그 가족도 같은 버스에 올라탔다.

두 명이 앉을 수 있는 좌석엔 어머니와 아이가 나란히 앉았고, 바로 앞좌석엔 할머니가 휠체어를 옆에 두고 앉았다.
아이는 버스에 타자 의외로 얌전히 자리를 지켰다. 하지만 할머니는 달리는 버스 안에서도 1~2분 간격으로 연신 뒤를 돌아보며 손자를 걱정했다.
작은 인기척에도 뒤를 돌아보았다.
소리가 나지 않을 때도 손자의 상태를 확인하고 또 확인했다.
30분이 지나 버스에서 내릴 때까지도 변함이 없었다.
할머니는 여전히 손자에게서 눈빛을 거두지 못하고 있었다.

마음은 표현해야 전달된다고 하지만 때로는 그렇지 않을 수도 있다.
말로 설명하지 않아도 두 눈빛으로 모든 감정이 드러날 때가 있다.

이별을 말할 때 상대의 눈빛이 어땠는가.
사랑을 시작할 때 상대의 눈빛이 어땠는가.
굳이 듣지 않아도 이별을 미리 직감했고, 고백 전부터 사랑이 시작되었다는 걸 알고 있었다.
그런데도 우린 언어로 사랑을 확인받고 싶어 한다. 귓가에 달콤한 말을 속삭여줘야지만 사랑이라고 확신한다.

검은 두 눈동자만큼이나 한 사람의 심정을 나타내는 감정선이 또 있을까?
단언컨대 두 눈동자는 침묵 속에 또 다른 마음의 창이 아닐까 싶다.

목소리보다는
진심이 적나라하게 드러나는
두 눈동자를
들여다봐야 하는지도 모른다.

그래, 아빠도 보고 싶구나

휴게 시간에 모르는 번호로 전화가 걸려왔다.
통화 버튼을 터치하려는데 수신음이 뚝 끊겼다.
잘못 온 전화인 듯싶었다.
대수롭지 않게 넘겼는데 30분쯤 지났을까.
같은 번호로 문자 한 통이 날아왔다.

'아빠야 보고 싶다.'

이 번호를 쓴 지가 3년이 넘었는데 아빠라니.
아빠가 보고 싶어 전화를 걸고 문자까지 보냈지만, 아직 번호가 바뀐 것도 모르는 듯했다.

아빠를 '아빠야'라고 부르는 걸 봐서는 어린아이 같았고, 오랜 기간 연락을 하지 않은 것 같았다.
아마도 아빠와 떨어져 산 지 꽤 된 아이가 아닌가 싶었다.

아이가 안쓰러워서 작은 도움이라도 주고 싶었던 걸까.
번호가 바뀐 걸 알면 아이가 상처 받을 테니까 아빠 흉내를 냈다.

'그래, 아빠도 보고 싶구나.'

답장은 없었다.
그런데 며칠이 지나 일주일 간격으로 한두 번씩 전화가 걸려왔다.
미안했지만 차마 받을 수는 없었다.
처음에는 그저 안타까워서 아빠인 척했는데, 더 큰 상처가 될까 봐 걱정됐다.
바보같이 뒤를 생각지 않았다.
거짓 아빠 행세를 하는 건 아이에게 희망 고문이 될 수 있다는 걸 몰랐다.

며칠을 고민하고 또 고민했다.
선의의 거짓말은 그 아이에게도 못 할 짓이었다.

사실대로 털어놓아야만 했다.

'미안해요. 전 그쪽 아버지가 아니에요.
번호 바뀐 지는 3년 넘었어요. 정말 미안해요.'

곧이어 두 번의 벨 소리가 더 울렸다.
차마 용기가 나지 않아 전화를 받지 못했고 더 이상의 연락은 없었다.

왜 그때의 나는 얼굴 한 번 본 적 없는 아이에게 마음이 쓰였던 걸까.
아마도 비슷한 그리움을 품고 있어서가 아니었을까.
내가 아버지를 보고 싶어 하듯, 그 아이도 나의 마음과 다르지 않을 것 같은 동질감을 느꼈었나 보다.

우린 여태껏 아버지에게 보고 싶단 말을 얼마나 자주 하며 살고 있을까.
어쩌면 단 한 번도 해본 적이 없을 수도 있다.
연인에게는 일상처럼 했던 표현들을 왜 아버지에겐 하

지 못했을까.
왜 무뚝뚝한 자녀로 자라왔던 걸까.
마음은 그렇지가 않은데 이상하게 몸과 마음은 따로 노는 느낌이랄까.

드라마 〈응답하라 1988〉에서 덕선은 둘째라는 이유로 첫째 언니에게 양보만 한다.
셋째에겐 막내라서 또 양보한다.
먹고 싶은 음식도, 심지어 생일까지도 언니와 매년 함께한다.
결국 덕선은 참고 참았던 서러움이 폭발해버린다.

딸을 걱정하는 아빠는 집 앞에서 덕선을 기다렸다가 구멍가게 평상에 데려간다.
아빠는 어색한 듯 깜짝 생일 케이크를 건네며, 구수한 사투리로 말한다.

"아빠 엄마가 미안해. 잘 몰라서 그려.
아빠도 태어날 때부터 아빠가 아니자네.

아빠도 아빠가 처음인께. 긍께, 우리 딸내미가 쪼까 봐줘."

정말 그랬다.

사랑하지만 아버지에게 표현하지 못한 이유는 단순했다.

"우리도 자녀가 처음이라서 그래."

모든 게
처음이라
실수할 수도
있고,
모든 게
처음이라
서투를 수도
있다.

모든 것이
처음인 삶을
살아내고
있으니,
모든 부분에서
부족한 게
당연한 거다.

너무 힘들면 억지로 힘내지 말아요

새벽 업무 중에 난감한 민원이 하나 있다.
그건 바로 술에 취한 입주민을 집에 데려다주는 일이다.
신기하게도 술 취한 입주민은 겨울인데도 찬 바닥에서 숙면을 취한다.
술을 얼마나 마신 건지는 모르겠지만, 아무리 흔들어 깨워도 미동이 없다.

취객들을 여러 번 상대하다 보니 나름의 노하우도 생겼다.
귀에다 대고 "선생님!" 하고 크게 외치면 입주민은 화들짝 놀라 눈을 깜빡인다.
이제부터 시작이다. 눈만 어렴풋하게 떴을 뿐, 인사불성이다.

"선생님, 몇 동 몇 호에 사세요?"

"나? 슈퍼맨."

역시나 의사소통이 어렵다.

마흔 후반으로 보이는 남성은 꾸역꾸역 일어났지만, 다리에 힘이 풀려 좌우로 비틀비틀거렸다.

어깨동무를 해서 남자를 들쳐 업고 2단지 정문으로 가야만 한다.

정문 관리실 컴퓨터에 입주민들의 동, 호수와 휴대폰 번호가 입력되어 있기 때문이다.

입주민 휴대폰으로 내게 전화를 걸어 번호를 알아낸 뒤, 컴퓨터에 입력된 동, 호수를 파악하면 된다.

정문 초소에 다다르자 영진 형님이 유리문을 열고 밖으로 나왔다.

입주민을 본 형님은 고개를 절레절레 저었다.

"또 취하셨네."

"이분 아세요?"

"그럼, 잘 알지. 나도 세 번이나 모셔다 드렸어."

나만 몰랐던 단골손님인 것 같았다.

"동, 호수는 어떻게 돼요?"

"202동 501호."

"가깝네요. 바로 다녀올게요."

"잠깐만."

영진 형님은 뒤돌아서는 나의 허리를 잡아당겼다.

"중학생 딸이 울면서 문 열어줄 거야. 너무 놀라지는 마."

"네? 왜 울어요?"

"일단 갔다 와. 애가 기다리고 있을 테니까."

엘리베이터를 타고 올라가는데 이해가 되지 않았다.

'아빠가 새벽에 술 마시고 들어왔는데 중학생 딸이 운다?'

초인종을 누르는 순간까지도 이해하지 못했다.

그런데 501호 현관문이 열린 순간 아이는 정말 울고 있었다.

서럽고 가엾게 울었다.

이유는 알지 못했다. 그저 당황스러웠다.
일단 신발을 벗고 안방 침대에 입주민을 눕혔다.
다시 신발을 신으려는데도 아이는 계속 울고만 있었다.
우는 이유를 묻기엔 애매했다.
시간도 늦은 데다 서로 처음 본 사이였다.
그냥 가볍게 어깨만 토닥여주고, 현관문을 조심히 닫고 나왔다.

아침에 퇴근하면서 영진 형님에게 전해들은 얘기는 뜻밖이었다.
"갈 때마다 어린애가 울고만 있지 뭐야.
딸 같아서 매번 토닥토닥 달래주니까 고민을 말하더라.
엄마랑 같이 못 사는 게 너무 슬프대.
가족은 아빠랑 둘뿐이란다."
"아… 부모님이 이혼해서 울었던 거였어요?"
형님은 다시 고개를 저었다.
"아니, 엄마는 한 달 전에 죽었대.

아이에겐 감당하기 힘든 시련이겠지.
아빠는 아내를 잃은 슬픔에 잠겨서 매일 술을 마시는 것 같아."

이후로도 그 입주민은 두 번 더 만취한 상태로 발견됐다.
집에 가면 아이는 또 울고만 있었다.
왜 우는지는 묻지 않았다.
괜스레 아픈 상처를 들춰내는 것만 같았다.
그냥 숫기 없는 내가 어설픈 위로를 건넸다.
"너무 힘들면 억지로 힘내지는 말아요. 시간이 지나면 괜찮아질 거예요."
뻔한 위로의 말이었다.

몇 달이 지나고 그 일도 잊힐 즈음이었다.
중학생 여자애가 경비실로 찾아왔다. 울고만 있던 그 아이였다.
시선은 먼 곳만 응시하며 아무 말도 하지 않았다.
쭈뼛쭈뼛거리더니 분홍색 편지 봉투를 손에 쥐여주고

갔다.

봉투 안에는 편지 한 통이 들어 있었다.

> 경비 아저씨, 저 기억하세요?
>
> 기억 못 하시면 조금 섭섭할 것 같아요.
>
> 새벽에 아빠가 술에 취하셔서 집에 몇 번 오셨잖아요.
>
> 그때 아저씨가 해준 말이 고마웠어요.
>
> 힘들면 억지로 힘내지 말라는 말이요.
>
> 정말 억지로 힘내지 않으니까 조금씩 일상으로 돌아올 수 있었어요.
>
> 아저씨 덕분에 힘든 시간 잘 견뎌낸 것 같아요.
>
> 그리고 아빠가 매일 술 드셔서 힘들었는데 이제는 입에도 안 대세요.
>
> 감사하다는 말, 꼭 전해드리고 싶었어요. 감사해요.

뻔한 위로의 말이었는데, 아이는 오히려 고맙다고 했다.

직접 손 편지까지 써줬다.

내 삶이 너무 힘들 때면 그냥 지나치는 말 한마디에도 큰 위로가 된다.
때론 가벼운 위로의 말이 삶을 지탱해주는 이유가 되어주기도 한다.

위로를 건넬 때는 반드시 힘든 이유를 묻지 않아도 된다.
해결점을 찾아주지 않아도 된다.
그저, 상대의 마음을 읽어주면 그것이 위로의 한 문장으로 완성된다.

간혹 그럴 때가 있다.
꾹 참고 참았던 하소연을 줄줄이 늘어놓자 "너만 그래? 다 힘들지 뭐"라며 무거운 고민을 가볍게 튕겨내는 사람.
사실 고민을 길게 풀어놓을 때면 해결점을 바랐던 것은 아니었다.

그저 내 얘기에 공감해주고 "너 참 많이 힘들었겠구나" 라는 사소한 말 한마디가 필요했던 것뿐이다.

우는 날보다
웃는 날이
늘어났으면 좋겠다.

해고 대상자

몇 주 전부터 실장님의 압박이 조여왔다.

이번 해고 대상자는 바로 나였다.

실장님은 경비실에 수시로 찾아와 공격적인 말을 던졌다.

"이제 그만둘 때도 됐잖아?"

"너 몸도 안 좋은데 쉬지 그러냐?"

실장님의 괴롭힘은 의도적이었다.

실장님은 꼭 순찰을 마치고 경비실에 돌아오면 등장했다.

"이 새끼야, 가방 안 내려놔!"

이번엔 사계절 내내 책상 구석 자리에 얹어놓은 가방을 트집 잡았다.

먼지가 풀풀 나는 바닥에 가방을 던지듯이 내려놓았다.

안 그래도 좁은 경비실이 더 비좁아졌다.

실장님의 두 눈 사이에는 굵은 주름이 패어 있었다.

"개인용품은 땅바닥. 땅바닥. 알았냐?"

"죄송합니다."

"하여튼 빠져가지고."

실장님은 매일 같은 시간에 찾아와 이상한 트집을 잡았다.

볼펜이 바닥에 떨어져 있다고 손가락으로 이마를 툭툭 밀쳤고, 여름에 창문을 열어놨다고 혼을 냈다.

어떤 날에는 택배가 많다며 박스 모서리로 머리를 쥐어박았다.

혼나면서도 왜 혼나야 하는지 모를 때가 많았다.

실장님의 계획적인 압박은 여기서 멈추지 않았다.

점심시간에도 휴게실에 찾아와서 괴롭혔다.

"넌 지금 밥이 넘어가냐?", "집 밥이 훨씬 맛있을 거다" 라는 말을 수시로 던졌다.

그냥 밥만 먹고 있었을 뿐인데, 그것도 그에겐 눈엣가

시가 되어 있었다.

계속된 괴롭힘에 일을 그만두어야 하나 고민에 빠졌다.
두 달 동안 괴롭힘이 지속되니 정신적으로 피폐해졌다.
그날도 하루 종일 일이 손에 잡히지 않았다.
점심시간이라 휴게실에 있었지만 오늘도 휴게실에 들어와서 괴롭힐 게 뻔했다.
문이 열리는 소리가 나자 불안해지기 시작했다.
그런데 평상시에 들리던 구두 소리가 아니었다.
고개를 들어 올려다본 시선 끝엔 팀장님이 서 있었다.
"실장님이 해코지하는 거 맞지?"

말을 해야 하나 말아야 하나 고민하느라 정적이 흘렀다.
팀장님은 순찰을 돌다가 우연히 본 듯했다.
아니면 상황실에서 CCTV 화면을 통해 눈치를 챈 것 같았다.

"괜찮으니까 솔직히 말해봐."

"그게… 네, 그렇습니다."

"그래, 그런 것 같더라. 내가 알아서 할 테니까 걱정하진 마."

팀장님은 내 어깨를 툭툭 두드리며 상황실로 돌아갔다.

팀장님의 상황 대처는 신속했다.

다음 근무 날 아침 조회 시간에 팀장님은 꼼꼼히 모아 놓은 서류를 실장님께 당당하게 내밀었다.

그동안 부당하게 해고당한 경비원들의 서류였다.

"본사에 제출할까요? 노동청에 신고할까요?"

실장님은 묵묵부답이었다.

눈동자는 겁에 질려 있었다.

경비원들이 모두 보는 데서 제대로 망신을 당했다.

반복되던 실장님의 압박은 한순간에 사라졌다.

팀장님은 또다시 아무런 일도 없는 척 평소대로 행동했다.

예전과 똑같이 아무런 티도 내지 않았다.
팀장님 덕분에 나는 경비원으로 계속 일할 수 있게 되었다.

살다 보면 피해를 받을 때도 있고 도움을 받을 때도 있다.
사람이 은혜를 입으면 갚아야 한다고 배웠다.
상황실에 찾아가 팀장님에게 부담 없이 캔 커피를 건네드렸다.
돌아오는 대답은 몇 달 전과 동일했다.

"완석아, 잘 마실게. 하지만 다음부터는 이런 거 사 오지 마."

팀장님은 사회 냄새가 아닌 사람 냄새가 나는 사람이었다.
어쩌면 우린 사회생활에 지친 게 아니라, 사람 때문에 사회생활에 지쳤던 게 아니었을까.

모든 사람에게
좋은 사람이 될 필요는 없지만,
내가 먼저 좋은 사람이 되면
좋은 사람을 만날 수 있는
기회가 많아진다.

괜찮은 게 아니라 괜찮은 척했던 거였다

괜찮냐는 질문에 괜찮지 않아도 괜찮다고 거짓말을 할 때가 있다.
그러면서도 한 번쯤은 속마음을 먼저 알아주길 바란다.
먼저 털어놓기보단 먼저 쓰다듬어주었으면 하는 바람을 가진다.

나에게 스무 살은 꽃다운 스무 살은 아니었다.
대학에 입학하자마자 아버지가 암 투병을 시작했기 때문이다.

집 안 분위기는 적적했다. 아니, 삭막했다.
내 마음도 하루하루 편한 날이 없었다.
휴학을 하고 간병을 하는 것도 힘들었지만, 시한부 판정을 받은 아버지에게 아무것도 해줄 수가 없다는 사실이 더 힘들었다.

그래도 주위 사람들에게까지 힘든 내색을 하기는 싫었다.
언제나 아무렇지도 않은 척 연기를 하곤 했다.
통화에서는 원래 목소리보다 한 톤 높게 대화를 주고받았다.
나의 유일한 장점이었던 웃음을 잃지 않으려고 노력했다.

습관적인 연기는 술자리에서 특히 심해졌다.
우선은 시끌벅적한 분위기를 깨는 것이 싫었다.
모두 스트레스를 풀려고 모인 자리에서, 괜히 무거운 주제를 던지는 건 이기적인 행동이라는 생각도 들었다.

물로 소주잔을 채우며 잔끼리 몇 차례나 부딪혔을까.
맞은편에 앉은 친구의 얼굴이 빨갛게 달아올라 있었다.
짧은 시간에 친해진 녀석이었다.
그는 소주 세 잔을 연속으로 들이켜고 빈 잔을 테이블에 탕 내려놓더니 나를 응시했다.

"완석아, 너무 너 혼자 이겨내려고만 하지는 마."
그리고 자신의 술잔에 소주병을 기울이며 말을 이어갔다.
"사실은 나도 누나를 잃어봐서 그 두려움 뭔지 알 것 같아."

묵묵히 위로를 건네는 시선들은 늘 주변에 있었는지도 모른다.
그저 내가 처한 상황 때문에 내가 보지 못했거나 그들이 내게 표현해주지 못했을 뿐이다.

다만 우연히라도 나와 비슷한 상처를 가지고 있는 사람을 만나면 사람은 그때 비로소 눈물을 보이고 만다.
나는 정말이지 내가 잘 견뎌내고 있다고 생각했는데, 가끔은 아무렇지 않게 건네받은 말 한마디에 울음을 터뜨린다.
사실 난 괜찮은 게 아니라 괜찮은 척 애쓰고 있었던 거다.

"괜찮아"라는 말은 가끔

"나 지금 너무
힘들어"라는
뜻으로
쓰이기도 했다.

하늘이 검은색이면 좋겠어

퇴근길은 언제나 몸이 무겁다.

피로가 쌓인 탓이다.

버스에 올라 자리에 앉자마자 눈꺼풀이 무겁다.

잠깐 창가에 기댄다는 것이 그만, 잠이 들어버렸다.

낯선 안내방송에 눈을 떠보니 '아차' 싶었다.

내려야 할 정류장을 지나쳐버렸다.

벨을 눌러 내린 곳은 낯선 장소였다.

반대편 정류장으로 가서 노선을 확인하곤 한 번 더 '아차' 싶었다. 열아홉 정거장을 지나쳐온 것이다.

쪽잠이 아니라 단잠에 빠졌다.

이젠 졸음이 몰려와도 두 눈을 부릅떴다.

똑같은 실수를 되풀이할 수는 없었다.

마침 타려는 버스가 발 앞에 멈춰 섰다.

단말기에 교통카드를 찍고 빈자리에 앉지도 않았다.

다리가 아팠지만, 손잡이를 잡고 정신을 바짝 차렸다.

앉아 있는 꼬마가 창밖을 보며 엄마에게 물었다.
"엄마, 하늘은 왜 파란색이야? 검은색이면 좋겠어."
"우리 지수는 검은색 싫어하잖아?"
"응."
양 갈래로 머리를 묶은 꼬마는 고개를 앙증맞게 끄덕였다.
"그런데 왜 검은색이면 좋겠어?"
"변하지 않을 것 같아서."
"응?"
이번엔 엄마가 고개를 갸우뚱했다.
"아침엔 해가 눈을 아프게 해.
비가 오면 하늘은 이상한 색이야.
하늘에서 번개가 번쩍거리면 너무 무서워.
하늘이 검은색이면 아침이 밝아도, 비가 내려도 변하지 않을 거야, 그렇지?"
꼬마는 칭찬해달라는 듯 엄마를 말똥말똥 올려다봤다.
엄마는 대답 대신 아이의 머리를 쓰다듬었다.

앞니가 빠진 꼬마는 빙그레 웃음만 지었다.

꼬마의 말대로 변하지 않았으면 하는 것들이 있다.
평온한 하루가 흘러가면 이 순간이 영원하길 바란다.
대단한 일이 일어나지 않아도 아무 일 없는 하루가 행복한 일이란 걸 안다.

익숙한 일상이 지루할 때도 있지만, 익숙한 일상만큼 안정감을 느낄 때도 없다.
하긴 변하는 것들은 종종 내 삶을 무너뜨린다.
우린 꼭 잃고 나서야 일상의 소중함을 깨닫는다.

사실 행복이란 건 별거 없었다.
자려고 누웠는데
떠오르는 걱정 하나 없다는 것.
힘들 때 내 얘기를 들어줄
한 사람쯤은 있다는 것.

3. 사소한 태도에서 마음이 보인다

왜 실패하셨어요?

모 출판사에 투고했는데 답장을 받았다.

경비원 주제가 흥미롭다며 한 번 만나보고 싶다고 했다.

KTX를 타고 서울로 올라가는 길이 설레기만 했다.

첫 투고였고, 첫 미팅 자리였기 때문이다.

출판사의 규모는 생각보다 컸다.

회의실에는 몇몇 직원들이 앉아 있었고, 가벼운 이야기로 대화가 시작됐다.

식사는 했는지, 글을 몇 년간 썼는지, 최근에 감명 깊게 읽은 책이 무엇인지도 물으셨다.

어떤 이야기가 오고 갈지 떨렸는데 막상 와보니 편안했다.

미팅은 긍정적인 방향으로 이어졌고, 이 출판사라면 책을 내도 좋겠다고 생각했다.

그때 한 직원이 내게 질문을 던지다가 멈칫했다.
"스물아홉 살에 왜 실패하셨…."

고의로 뱉은 말은 아니었다.
직원의 당황한 표정이 실수란 걸 대신 말해주고 있었다.

사람은 누구나 말실수를 한다.
나 또한 그런 적이 있다.
"너는 얼굴도 예뻐"라고 말한다는 것이 그만, "너는 얼굴만 예뻐"라고 말한 적이 있다.
물론 친구는 웃어넘겼지만, 억지웃음에 가까웠다.

집으로 돌아오는 기차 안에서 곰곰이 생각했다.
'이십 대에 경비원으로 일하면 실패한 삶이라고 보일 수도 있구나.
그럼 나는 정말 실패한 사람일까?'

타인의 기준에서는 실패한 직업일 수도 있다.

하지만 가장 아름다운 사람은 나의 가치를 스스로 아는 사람이 아니라, 나의 가치를 스스로 깎아내리지 않는 사람이다.
악의 없이 뱉은 말을 감정적으로 받아들일 필요는 없다.
상대의 말에 귀를 기울여야 할 때도 있지만, 가끔은 귀를 닫고 흘려보내야 할 때도 있다.

담아두어야 할 말보다 흘려보내야 할 말들이 더 많긴 하다.
비교 대상이 되는 말들이 그렇다.
학생일 때는 성적을 비교하고, 사회에 첫발을 디딘 후에는 직업과 연봉을 비교한다.
대기업에 취직하면 성공했다는 말을 듣는다.
연봉이 높으면 모두 부러워한다.
연봉이 낮거나 불안정한 직업은 선호하지 않는다.
성공과 실패의 기준은 주위 사람들과 비교하면서 생겨난다.
성공의 기준이 내가 아니라 타인보다 더 나은 내가 되

어버렸다.

반드시 번듯한 직업이 있다고 성공했다고 말할 수 있을까. 우린 보여지는 것에 성공이란 말을 쉽게 붙인다.

경비원은 계약직에 연봉도 높지 않다.

무시당하는 일도 많고 늘 잠에 쫓긴다.

하지만 그 속에서도 배워나가는 것들이 있다.

수면에 감사하는 마음을 가지게 되고, 무례한 사람들을 만나며 나의 태도를 되돌아본다.

그동안 나는 상대에게 어떤 말과 행동을 했는지 생각한다.

나의 언어와 태도가 상대의 기분을 상하게 하진 않았는지 반성한다.

성공의 기준은 직업이 아니라, 삶에 대한 만족이 아닐까.

누군가에겐 경비원이 실패한 직업이지만 내겐 만족스러운 직업이다.

왜 이십 대에 경비원이 되었는지 묻는 지인도 많다.

부정적인 시선이 많은 것도 사실이다.
하지만 주위를 둘러보면 안다.
부러워할 직장에 다녀도 불평불만을 늘어놓는 지인이 있고, 연봉이 낮아도 긍정적인 마인드를 가진 지인도 있다.

무엇을 이루는 게 중요한 게 아니라, 어떻게 받아들이는지 자세의 문제다.
그러니 지금도 자신의 길을 꿋꿋이 걷고 있는 이들에게 말해주고 싶다.
세상이 정해놓은 기준에서 꽃잎처럼 흔들리되 무너지지만 말아라.

성공한 사람이
가치 있는 게 아니라,
가치 있는 사람이
성공한 게 아닐까.

마음을 대신해서 주는 선물

설날 당일에도 근무를 서게 됐다.
그나마 다행인 건 입주민들 대부분이 고향길에 나섰다.
덕분에 평소보다 조용하다.
하지만 평화로운 명절은 금세 깨지고 말았다.
관리실 소장님에게 전화 한 통이 걸려왔기 때문이다.
"게이트 올려놓고 지금 당장 관리실로 와."

불길한 예감이 들었다.
무슨 일이 일어났는지는 아직 알 수가 없었다.
다급히 관리실로 뛰어갔더니 소장님이 지저분한 갈색 상자 하나를 건넸다.
박스 옆면은 군데군데 찢겨나갔고, 윗면에는 반쯤 뜯긴 택배 송장이 너덜너덜 매달려 있었다.
소장님은 흐뭇한 미소를 지으며 내게 말했다.
"설이라 특별히 주는 거야."

"감사합니다."

꾸벅 인사를 하고는 찢어진 상자를 들고 경비실로 돌아왔다.

초췌한 상자를 열어보니 떡국용 떡이 담겨 있다.

떡은 비닐봉지에 담기지도 않은 채 먼지가 가득한 박스 밑바닥에 깔려 있었다.

누가 봐도 폐지로 버려진 택배 상자를 주워와 떡을 넣은 것 같았다.

떡은 아이 한 명이 먹을 양으로 보였다.

떡국을 좋아하지만 끓여 먹기가 꺼려진다.

이미 먼지에 노출되어 모두 잿빛으로 변질되었기 때문이다.

선물을 받았는데도 기분이 좋지 않았다.

'차라리 주지나 말지.'

못된 마음을 먹게 된다.

이제 점점 고민에 빠진다.

더러워진 떡이지만 집에 가져가서 명절이라 받아왔다고 말해야 할까.
아니면 이것을 혼자 조용히 처리해야 할까.
아무래도 빈손으로 가는 게 나을 것 같다.

상대가 내게 주는 선물은 내가 상대에게 어떤 사람인지를 말해준다.
가격은 중요하지 않다. 정성이 담긴 선물일수록 알 수밖에 없다.
또 나를 관찰해서 준비해준 선물은 상대가 나를 얼만큼 소중하게 생각하고 있었는지 알게 한다.
그래서 우리는 사랑하는 사람을 위한 선물을 준비할 때 깊은 고민에 빠진다.
그 사람의 취향을 떠올리고, 관심사가 무엇인지 되짚어본다.
아니면 갖고 싶어 했던 물건을 기억해두었다가 선물해준다.

선물 하나를 고를 때도 나를 깊은 고민에 빠뜨리는 사

람이 있다면,

그 사람은 나의 현재와 미래를 함께 그려나갈 사람이

아닐까.

선물은 단순히
물건을 주는 게 아니라
한 사람의
마음을 주는 거다.

걱정이 많으면 겁이 많아진다

언제부턴가 나답게 산다는 게 참 어렵게만 느껴진다.
나를 잃어선 안 되지만, 나를 잃어야만 얻는 것들이 있다.
간단한 대화를 이어나갈 때도 그렇다.
하고 싶은 말들을 속으로 삼켜내야 할 때가 한두 번이 아니다.

어디 말만 그럴까.
몇 년 전쯤 일이다.
늘 그렇듯 취업대란이라는 말이 메인 기사를 장식하며, 올해 또한 취업시장이 어려울 것이라는 이야기가 나왔다.
기사에서는 열 명 중 네 명이 미취업 상태이고, 청년 실업자가 36만 명을 넘어섰다고 했다.

나 또한 취업난을 부드럽게 피해갈 순 없었다.

부끄러운 일이지만 남들보다 바뀐 환경에 적응이 느린 편이기도 했다.
처음 겪는 일 앞에서는 겁도 많은 편에 속했다.
항상 오고 가는 길을 유난히 좋아했고,
익숙한 일상이 흘러갈 때면 삶의 만족감을 느끼는 편이었다.

반면, 작은 변화에도 쉽게 두려움에 휩싸였다.
면접을 보러 오라는 연락을 받는 날이면 며칠 전부터 잠을 못 이루었다.
과도한 긴장을 떨쳐내지 못했다. 역시나 면접에서는 말만 더듬거리다가 나왔다.
준비한 말들을 차마 꺼내보지도 못했다.

결과는 예상대로 낙방의 연속이었다.
면접에 떨어지는 날이 반복될수록 조바심은 커져만 갔다.
무엇이라도 해야 할 것 같은 다급한 마음이 들었다.

스물아홉이 되던 해.

창피함을 무릅쓰고, 스무 살을 갓 넘긴 동생들과 어울려 단기 알바를 닥치는 대로 했다.

현수막 설치, 가전 배달, 유모차 판매, 게임 대회 접수, 행사 스태프, 대형마트 잡일, 청원 경찰 등등 시급이 괜찮은 알바는 가리지 않았다.

처음엔 실수하면 어떻게 하지, 이 나이에 왜 알바를 하냐고 물으면 뭐라고 대답하지?

이런저런 잡생각이 들었지만, 남들은 생각보다 나의 삶에 큰 관심이 없었다.

정말 그랬다.

그리고 이제야 알았다.

걱정이란 외부에서 오는 것이 아니라 내 마음의 문제였다.

어차피 일어날 일은 기어코 일어나고, 일어나지 않을 일은 생각보다 크게 일어나지 않았다.

어떻게 보면 우린 미련하게 많은 걱정을 하여 또 다른 걱정을 낳곤 했다.
사실 지금 내 머릿속을 뒤흔들어놓고 있는 걱정들은 막상 부딪혀보면 별거 아닌 것들이 대부분이다.

걱정이 없으면
걱정이 없겠다.

배움에는 나이가 없다

흐릿한 날씨 탓일까. 피곤이 쌓인 탓일까.

힘을 내려 해도 도무지 힘이 나지 않는 날이었다.

좋아하는 초콜릿을 억지로 입에 욱여넣어도 기운이 나지 않았고, 간단한 일도 실수의 반복이었다.

점심시간은 왜 항상 짧게만 느껴지는 건지.

시간에 쫓겨 밥을 먹고, 후문 경비실로 돌아와 유리문을 열자 낯선 상황이 벌어져 있었다.

책상 위엔 만 원짜리 두 장이 얹어져 있었다.

지폐 위엔 삐뚤빼뚤하게 찢긴 종이 한 장도 놓여 있었다.

"아저씨, 길에서 주웠어요.

주인 꼭 찾아주세요. 부탁드릴게요."

절어 있던 피로가 가시면서 미소가 저절로 지어졌다.

가끔은 두 눈으로 확인하지 않아도 한 사람의 선한 과정이 보일 때가 있다.
이름도 얼굴도 모르는 그 아이의 마음씨가 상상됐다.
공책을 찢어 연필로 또박또박 글을 써 내려가는 장면이 그려졌다.

세상이 아직 살 만하다는 걸 어른이 아닌 아이에게 배우다니, 배움에는 나이가 없다는 말이 와 닿을 뿐이었다.
만일 세상이란 그림을 순간적으로 포착하는 게 사진작가라면, 아이는 거짓 없는 세상을 건져 올린다.
아이가 건져 올린 세상의 그림은 어른의 시선과는 사뭇 다르다.
아이가 바라보는 세상의 풍경에는 거짓이 없다.

누구에게나 어린 시절이 있었던 것처럼, 우리에게도 한때나마 순수했던 세상이 존재하지 않았을까.
사라진 것이 아니라, 여전히 깊숙한 어딘가에 자리 잡고 있을지도 모른다.

비록 냉담한 현실과 타협하며 살아내고 있지만, 여전히 동심은 남아 있다.

"그때가 좋았었지"라는 말은
단순히 돌아가고
싶은 순간을
떠올리는 게 아니다.
반짝이던 그 시절들이
우리를 과거로
데려갔을 뿐이다.
과거를 회상할 수 있다는 건
아름답게 빛나던
추억이 많다는 뜻이다.

당당해지는 연습을 해요

섬유근육통을 지닌 사람들에게 운동은 필수다.
덕분에 동네 헬스장을 꾸준히 다니고 있다.
오랜 기간 한 곳만 다녀서 웬만한 회원들의 얼굴은 이젠 낯이 익다.
그런데 며칠 전부터 낯선 대학생이 눈에 띄었다.

그는 흰색 반팔 티에 회색 트레이닝복을 즐겨 입었는데, 옷차림보다는 드러난 피부에 눈길이 갔다.
스쳐 지나가면서 본 것이지만 잊을 수가 없다.
양팔과 양다리의 피부가 붉게 일어나 있었고 외부 압력에 의해 압축된 것처럼 주름져 있었다.

한번은 운동을 끝내고 샤워실에서 그를 다시 마주친 적이 있었다.
솔직히 많이 놀랐지만 애써 태연한 척했다.
그는 얼굴만 빼고 전신 화상을 입고 있었기 때문이다.

어쩌면 그에겐 공용 시설을 이용하는 것에도 큰 용기가 필요하겠다는 생각이 들었다.
그때부터 그만 보면 알 수 없는 측은지심이 느껴졌다.
나도 모르게 그가 나타나면 힐끔힐끔 쳐다보게 되었다.

그런데 자세히 들여다본 남자는 늘 밝고 직원들과 거리낌 없이 얘기도 곧잘 나누었다.
몸이 좋은 회원에겐 먼저 다가가 어떻게 몸이 좋아졌는지도 자연스럽게 물었다.
다른 사람들이 자신의 팔을 보고 놀란 표정을 지어도 아랑곳하지 않았다.
샤워실에서 나와 몇 번 마주친 뒤로는 내게 "피부가 되게 깨끗하시네요?"라며 말을 걸기도 했다.
그는 괜찮은 척하는 게 아니라, 정말 괜찮아 보였다.
타인과 다른 피부색을 가지고 있는 자신에게 당당했다.

사람은 누구나 자신의 단점 앞에서 움츠러들기 마련이다.
남들과 다르거나 남들보다 느린 것을 단점으로 받아들

이면, 단점은 곧 약점이 되고, 약점은 곧 스스로를 망가뜨린다.

하지만 자신의 단점에 주눅 들지 않고 당당해진다면 단점은 더 이상 단점이 아니게 된다.

그러니 자신이 지닌 단점에 대해서 당당해지는 연습을 했으면 좋겠다.

쉽진 않겠지만
편안해지는
연습을
하기로 했다.

내 삶의 주체는
나이며,
나의 행복 또한
내가 결정한다.

호의를 베풀면 한 사람의 인격이 보인다

일을 하다 보면 꼭 자기 일을 떠맡기는 사람이 있다.
우리 조 출동대원님이 그랬다.
폐기물은 출동대원님 담당이지만 능숙하게 경비원에게 미루었다.
패턴은 똑같았다.
이 주일간 폐기물 처리를 매일 지시하고, 그 후엔 일부러 지시하지 않았다.
그리고 다음 날 폐기물 처리가 되지 않은 것을 직접 확인하곤, 경비실로 찾아와 야단을 쳤다.
그러면 출동대원님의 일은 자연스럽게 경비원 일이 된다.

사회생활을 하면 한 번쯤은 겪어봤을 것이다.
나의 일이 아닌데 한두 번 도와주다 보면 어느새 내 일이 되어 있다.
상대방은 내가 하는 걸 당연하게 여긴다.

같은 2단지 근무자였던 영진 형님은 정반대였다.
휴게 시간을 5분이라도 일찍 교대해주면 꼭 캔 커피를 책상에 올려놓았다.
자신이 음료를 샀다는 말도 안 했다.
처음에는 산타 할머니가 주신 줄로 알고 마셨다.
캔 커피를 네 번이나 얻어 마신 뒤에야 알았다.
책상에 올려져 있던 커피는 낯이 익은 브랜드였다.
영진 형님이 출근할 때마다 마시던 커피와 동일했기 때문이다.

자기 일을 미루느라 바쁜 사람이 있고, 작은 배려라도 쉽게 지나치지 않는 사람이 있다.
무언가를 해줄 때 바라고 해주는 것은 아니지만, 당연하게 여기는 태도와 고마운 마음을 지니고 있는 사람은 비추어지는 온도부터 다르다.
이상하게 호의가 반복되면 권리로 착각한다.

호의가 반복되면
권리로 착각하는 이들이 있다.
상대를 위한 배려였지,
이용당하고 싶단 뜻은
아니었다.

기분 조절 장애가 있습니다

이상하게 명절 당일엔 꼭 근무가 걸린다.
설날에도 출근했는데 추석에도 경비실에서 명절을 보낸다.
그래도 명절 근무는 조용해서 편하긴 하다.
다섯 장을 넘기던 외부 차량 일지가 한 장으로 줄었다.
오랜만에 느껴보는 평온함이다.

하지만 불청객은 명절을 가리지 않았다.
낯선 제네시스 차량이 경비실 앞에 위치한 출입구 차단기 앞에 멈춰 섰다.
운전자는 손을 쭉 뻗더니 경비실 인터폰으로 연결되는 벨을 눌렀다.
"몇 동 몇 호 오셨어요?"
인터폰 화면으로 보이는 어르신은 몇 초간 대답이 없다.
그냥 차 문에 손을 걸쳐놓은 채 침묵하고 있을 뿐이다.

종종 접촉 불량으로 소리가 안 들릴 때도 있어서, 다시 한번 또박또박 물었다.

"선생님, 몇 동 몇 호 오셨어요?"

"제사 지내러 가지 뭐 하러 가!!"

운전자는 얼굴에 있는 주름이란 주름은 모두 구기면서 고함을 질렀다.

입주민 가족은 어떤 상황에서든 그냥 프리 패스다.

출입구 차단기가 열리는 녹색 버튼을 '딸각' 눌렀다.

차량 운전자와 대화를 나누다 보면 다양한 사람들을 만나게 된다.

한 번은 인터폰 벨도 안 누르고 출입구 차단기에 차를 바짝 붙여 세운 사람이 있었다.

그는 차단기가 올라갈 때까지 경적을 요란하게 눌렀다.

나가서 방문 목적을 물어도 창문을 내려주지 않았다.

몇 동 몇 호에 오셨냐고 네 번을 물었는데도 끝까지 무시하는 사람이 있는가 하면, 다짜고짜 문 열라고 명령조로 반말하는 운전자도 있다.

대부분 입주민의 지인이거나 가족들이다.

명절만이라도 조용히 넘어가나 했더니 기대가 컸나 보다.

"설마 안 좋은 일이 연달아 일어나겠어?"
혼잣말을 하는데 유리문 밖으로 보이는 풍경이 심상치가 않다.
한 아주머니가 양손에 과일 상자를 들고, 경비실 쪽으로 다급하게 뛰어오는 것이 아닌가.
유리문을 열며 긴장한 어투로 물었다.
"무슨 일… 있으세요?"
아주머니는 무턱대고 경비실 안으로 들어오더니, 대답도 하지 않고 내게 되물었다.
"사과가 잘 익었죠?"
"그렇네요…. 과일 맡기러 오신 거예요?"
"아뇨, 드세요. 드시라고 가져왔어요."
"이걸 전부 다요?"
아주머니는 과일 상자를 책상에 내려놓으며 말했다.
"시아버지가 또 소리 질렀죠? 미안해요."
"아…."

아주머니는 조금 전에 제사 지내러 간다고 소리를 빽 질렀던 어르신의 며느리였다.
"워낙 다혈질이라서요. 그러시지 말라고 해도 자꾸 그래요. 총각이 이해 좀 해줘요."

어안이 벙벙했다.
입주민이 과일까지 주면서 친절하게 사과하시는 건 처음이었다.
조금 전까지는 기분이 좋지 않았는데, 상했던 마음이 금방 풀렸다.

감정은 하루에도 몇 번이나 변덕을 부린다.
좋아하는 음식을 먹으면 기분이 좋다가도, 음식에서 머리카락이라도 나오면 금세 시무룩해진다.
월급날이면 들떴다가도 월급이 카드 값으로 스쳐 지나가는 인연이 되면 기분이 다운된다.
점심시간에 커피 한 잔의 여유를 즐기다가도 근무시간이 다가오면 울적해진다.

감정은 늘 변해만 간다.

우린 하루에도 여러 감정과 다투면서 지낸다.

감정을 다루는 건 익숙해질 만도 한데 늘 서투르기만 하다.

우리의 감정에는 기분 조절 장애가 있다.

삶은 알다가도
모를 일투성이며,
우린 저마다
각자의 길에서
수많은 좌절과
시련을 겪는다.

참는 연습을 하고 있습니다

《임계장 이야기》. 서점에서 책 제목을 봤을 때는 어느 회사 임씨 계장님의 이야기인 줄 알았다.
임계장은 '임시 계약직 노인장'의 줄임말이었다.
책의 저자인 조정진은 제목 그대로 63세의 임시 계약직 노인이었다.
그는 38년간 공기업에서 일하다가 주차관리 경비원, 버스터미널 보안요원, 아파트 경비원 등 시급 노동자로 일하고 있다.

아무래도 동종업계인 아파트 경비원 이야기부터 읽어 내려갔다.
그는 여느 때처럼 음식물 쓰레기통을 수돗가에서 씻고 있었다.
조용할 것만 같았던 하루는 어느 남자의 호통 소리로 와장창 깨졌다.

"어이, 경비! 이 새끼, 주민들 피 같은 돈 들어가는 수돗물을 펑펑 써?

이 새끼, 당장 잘라야 할 놈이네. 네가 버린 수돗물 값은 네 월급에서 까게 해주마.

너 오늘 아주 제대로 걸렸어."

29일 만에 처음 당해보는 갑질이었다.

_《임계장 이야기》 98쪽 중에서

어디에나 경비원을 괴롭히는 입주민이 꼭 있다.

갑질을 일삼는 입주민 때문에 착한 입주민들의 선행이 덮이는 효과가 있달까.

특정 인물이 갑질을 정기적으로 일삼는다.

뭐랄까. 화풀이 대상이 되는 것만 같다.

경비실에 찾아와서 이상한 트집을 잡는다.

동사무소 위치도 모른다며 화를 내는 입주민도 있고, 아파트의 나무가 많다며 의자를 걷어차는 입주민도 있다.

이럴 땐 어떻게 대처해야 할지 참 난감하다.

즉시 죄송하다고 말해야 일이 빨리 마무리되기는 하지만 찝찝한 마무리다.
잘못한 것도 없이 혼이 나면 머릿속은 혼란스럽다.
무언가 억울한 느낌도 난다.

하지만 경비원들의 현실이니 어쩔 수가 없다.
받아들이는 것 외엔 방법이 없다.

참는 게 당연해서가 아니라 뒤탈이 없어서다.
참는 게 이기는 거라는 말이 괜히 생겨난 게 아니다.
사회생활을 하면서 늘어나는 건 감정을 숨기는 일이 아닐까.
기분 나쁜 말을 들어도 표정 연기를 하고, 힘들어도 힘든 내색을 하면 안 된다.
힘든 티를 내면 사회생활 할 줄 모른다는 뒷말만 남을 뿐이다.
우린 어두운 감정을 숨기는 데도 보이지 않는 노력이 필요했다.

하고 싶은 말을 참기로 했다.
나의 단점은
약점이 되어 돌아오고,
나의 장점은
시기가 되어
돌아왔기 때문이다.

멀어져 간 것들은 대개 그랬다

초등학생 때는 토요일만 기다렸다.
이유는 하나뿐이었다.
주말엔 아버지와 물고기를 잡으러 떠나서였다.

계곡은 15분 거리에 있어서 놀러 가기도 편했다.
아버지는 나에게 휴일을 반납하고, 주말 내내 함께 시간을 보내주곤 하셨다.

투명한 시냇물이 졸졸졸 흐르는 계곡이 내겐 놀이터나 마찬가지였다.
준비해 온 그물을 꺼내고, 바지 밑단을 차곡차곡 접어 무릎까지 올렸다.
물고기 포획 전에 일종의 준비 단계였다고 해야 할까.
아버지가 계곡 끝 지점에서 그물을 펼치고 서 있으면 나는 맞은편에서 물장구를 치며 전속력으로 달리기만 했다.

나는 그 시간이 마냥 좋았다.
운이 좋을 땐 송사리만 한 물고기 서너 마리가 그물에 걸렸다.
물고기가 팔딱팔딱 뛰는 모습에 시간이 가는 줄도 몰랐다.

해가 뉘엿뉘엿 저물어 집에 돌아갈 때면, 난 늘 투덜거렸다.
똑같은 아버지의 말씀이 싫어서였다.
아버지는 항상 힘들게 잡은 물고기를 방생해주어야 한다고 강조하셨다.
꼬박 반나절 동안 잡은 물고기가 너무 아까웠다.
집에 가져가려고 고집을 피우고 떼를 쓰면 아버지는 말씀하셨다.
"욕심을 내면 끝도 없단다. 손에 쥐어봤으면 놓아줄 줄도 알아야 해."

그때는 무슨 말인지 도무지 알 수 없었지만, 이젠 조금은 알 것 같다.

얻는 법도 알아야 하지만 잃는 법도 알아야 한다는 걸.
내 것일지라도 영원한 것은 없다.
내게서 멀어지는 시기는 어김없이 찾아온다.

잃는다는 것은, 가진 것을 놓아주어야 한다는 것은 고통을 수반하지 않을 수 없었다.
멀어져 간 것들은 대개 그랬다.
곁에 머물러 있을 줄만 알았던 것들이 사라질 때 감정은 늘 견디기 버겁다.
내게 소중한 것일수록 오랜 시간 아파한다.
어쩌면 움켜쥐는 것보다 더 중요한 것은, 어떻게 놓아주어야 하는가인지도 모른다.

흘러가는
것들은
흘러가도록
내버려두기로
했다.
애써 움켜잡지
않기로 했다.

마음의 평화는
소유가 아니라
놓아주는
것에서부터
시작되는지도
모른다.

솔직함과 무례함의 차이

코로나19로 전국이 떠들썩하던 겨울, 소장님 지시가 내려왔다.

세대마다 방문해서 마스크를 배분하라는 것이다.

362세대를 일일이 방문해야 한다.

하루 종일 엘리베이터에 탔다 내렸다의 반복이다.

그래도 마스크 세 장에 감사하다는 말을 가장 많이 듣는 하루다.

큰일은 아니지만 왠지 뿌듯하다.

다음 집 초인종을 누르려는데, 맙소사 204동 1404호다.

2단지에서 제일 유명한 주부가 사는 집이다.

욕을 입에 달고 살아서 입주민들도 웬만하면 피하는 눈치다.

초등학생 딸은 항상 주눅 들어, 엄마 눈치만 살폈다.

현관문만 쳐다보며 심호흡을 크게 두세 번 한 뒤 초인종을 지그시 눌렀다.

'딩동!'

역시나 신경질적인 목소리가 들려왔다.

"아, 씨, 뭔데요?"

"안녕하세요? 경비실에서 마스크 드리러 왔어요."

"그러니까 왜요?"

"마스크 필요하실 것 같아서요. 한 집에 세 장씩 나누어 드리고 있어요."

"내가 거지인 줄 알아요?"

"아뇨, 그런 뜻이 아니라…."

"됐고. 문 앞에 놔두고 가요."

상체를 숙여 마스크를 바닥에 내려놓는데, 끊기지 않았던 인터폰에서 소리가 새어나왔다.

"코로나인데 집 앞까지 찾아오고 지×이야 지×은."

또 시작인가 싶었다. 아마도 또 반복되겠지라는 예감만 들 뿐이었다.

역시나 계단을 통해 아래층으로 내려가고 있는데, 현관문이 열리면서 그녀의 목소리가 퍼져나갔다.

모두 다 비속어였다.
1404호 주부가 유명해진 건 비속어를 반복하는 버릇이 있어서다.

며칠 뒤에는 204동 16층 복도에 치킨이 버려져 있다는 민원이 들어왔다.
곧장 올라가서 치우고 엘리베이터를 타고 내려오는데 1404호 주부와 마주쳤다.
그녀는 팔짱을 끼고 내 손에 쥐어진 치킨 잔해를 빤히 보며 말했다.
"냄새나는데 왜 엘리베이터를 타고 지×이야 지×은."

그녀의 막말은 경비원들만 향하는 것이 아니었다.
어느 날은 경비실 앞을 지나가면서 딸의 뒤통수를 퍽퍽 치며 다그쳤다.
"네가 꾸물대서 늦었잖아. 네가 꾸물대서 늦었다고."
뒤이어 차마 입에 올리지 못할 욕설을 내뱉었다.
아이가 주눅 들어 눈치를 살피는 데는 다 이유가 있었다.

그녀의 말은 언제나 감정 컨트롤이 안 됐다.
행동은 주위 시선을 신경 쓰지 않았다.
본인 의사를 항상 거칠게 표현했다.

어딜 가나 입이 거친 사람들이 있다.
솔직한 게 나쁜 건 아니다.
하지만 솔직함과 무례함의 경계선을 지키지 못하면서, 그것이 잘못인 줄도 모르는 사람이 있다.

솔직함은 사실을 말하면서도 상대의 기분에 초점을 둔다.
무례함은 지나친 언행을 저지르면서 본인의 기분에 초점을 둔다.
어디에 초점을 두느냐에 따라서 솔직한 사람이 될 수도 있고 무례한 사람이 될 수도 있다.

평소에 내뱉는 언어는
공개된 자기소개서와 같아서
무심결에 날아든 언어에서
한 사람의
인품이 고스란히
배어 나오곤 한다.

바뀌는 게 당연하다고 했다

초등학생 때는 콩을 질색했는데 이젠 콩자반을 즐겨 먹는다.
여행을 피곤하게 왜 가냐고 생각했는데, 이젠 바다가 보이는 곳으로 떠나고 싶은 날이 늘어만 간다.
외로운 걸 못 참았는데, 이젠 혼자만의 시간도 필요하다.
변하지 않을 것만 같던 취향들이 변해만 간다.

변하는 건 취향만이 아니다.
연락만 하면 언제든지 만날 수 있던 친구들도 이제는 일년에 한 번 모이는 것도 힘들다.
별일 없이 보던 친구들이 이젠 별일이 있어야만 만날 수 있다.
약속 없이도 얼굴을 봤던 친구들이 이젠 약속 한번 잡기가 힘이 든다.

오늘은 그토록 보고 싶었던 친구들을 만나는 날이기도 했다.
네 명이서 겨우 일정을 잡았지만 두 명은 갑자기 일이 생겨 오지 못했다.
친구와 단둘이 저녁을 먹고 산책로를 걸으며, 그동안 나누지 못한 근황도 주고받았다.
직장 생활은 여전한지, 결혼할 사람과는 잘 만나고 있는지도 물었다.

친구는 "그냥 그렇지 뭐"라고 대답하며 계속 내 눈치를 살폈다.
그러다 친구가 주저하며 어렵게 입을 뗐다.

"너 점점 분위기가 달라지는 것 같아."
"내가?"
"그래, 너 엄청 밝았었는데 웃음기가 사라졌어. 많이 어두워졌어."
"그랬었나?"
"실없이 웃어만 대더니 그 모습은 어디 갔냐?"

사람은 어른이 될수록 변해간다.
가혹한 현실 때문일 수도 있고, 자신을 지켜내려는 마지막 수단일 수도 있다.
하지만 변해간다는 것이 꼭 나쁜 것만은 아니다.
예전보다 웃음을 잃어간다는 건, 미처 알지 못한 세상의 모양을 알아간다는 것뿐이다.
단지 그뿐이다.

싫어하던
음식이 좋아지고,
훌쩍 떠나고 싶은
날들이 늘어간다.
영원할 거라
믿었던 사랑도
한순간에
변해갔다.

사랑이
변한 건지,
사람이
변한 건지
그것은 아무도
모른다.

4. 서툰 사람들이 살아가는 곳

버려진 것들이 남긴 의미

"2단지 후문 외곽 순찰 시작하겠습니다."
무전기로 순찰 보고를 하자마자 창밖으로 소나기가 내렸다.
우산은 없지만, 그래도 할 일은 해야 한다.

2단지 바깥 울타리를 크게 도는 외곽 순찰은 사실 쓰레기를 줍는 일이다.
순찰보다는 청소에 가깝다.
지급되는 비품은 목장갑 한 켤레뿐이다.
쓰레기를 담을 봉지는 직접 구해야 한다.

이젠 익숙하게 재활용장에 가서 버려진 비닐을 뒤진다.
그나마 쓸 만한 봉지가 몇 개 있다.
가끔은 음식물이 담겨 있는 비닐봉지도 섞여 있긴 하지만 이 정도는 이젠 별것도 아니다.
마땅한 봉지가 없으면 택배 박스로 대신하기도 한다.

다시 후문 경비실로 돌아와 외곽 순찰, 아니, 외곽 청소를 시작한다.

촘촘히 세워진 울타리 사이사이에 가장 많이 버려져 있는 건 늘 같다.

누군가 피우다 버린 담배꽁초다.

주워도 주워도 끝이 없다.

하루에 오십 개 이상은 꼭 나온다.

원래 담배 냄새를 싫어하지만, 비에 젖은 담배 냄새는 더욱 역하다.

담뱃재 냄새가 장갑을 뚫고 손끝에 스며든다.

먹다 버려진 음료는 날파리들의 달콤한 지옥이다.

마시다 버린 아이스티 잔을 울타리에서 꺼내면 결과는 뻔하다.

수십 마리의 날파리가 두둥실 떠다닌다.

오늘은 애완견 똥을 닦은 물티슈도 버려져 있다.

변이 묻지 않은 부분을 집게손가락으로 집어 봉지에 담았는데, 냄새가 전혀 나지 않는다.

담배 냄새가 강아지의 변 냄새를 파묻어버린 것이다.

순찰 끝 지점 모퉁이에는 소주도 한 병 있다.

이젠 주운 쓰레기들을 분리만 하면 청소는 끝이 난다.
먼저 담배꽁초와 똥 묻은 물티슈를 종량제 봉투에 넣었다.
아이스티에 익사한 날파리들은 잔디에 털어내고 잔은 플라스틱류에 던졌다.
소주병은 깨지면 위험하니까 조심히 내려놓았다.

왼손에 남은 빈 봉지를 보며 문득 이런 생각이 들었다.
방금 주워온 쓰레기는 어쩌면 버린 사람들의 감정을 대신 말해주고 있는 게 아닐까.
힘든 감정을 느끼면 우린 알코올과 니코틴에 의지한다.
달달한 음료나 음식을 찾는다.
그냥 줍기 귀찮은 쓰레기인 줄로만 알았는데, 버려진 쓰레기에도 누군가의 감정이 들어 있었다.

우린 삶에 지칠수록 행동 하나에도 감정이 쉽게 드러난다.

자신의 이야기를 들어줄 한 사람을 찾아가거나 불쑥 여행을 떠나기도 한다.

순간의 감정이 행동으로 나타나는 것이다.

무심코 버려졌던 쓰레기에도 누군가의 감정이 버려져 있는지도 모른다.

우린 남에게
쉽게 위로를 건네지만
스스로에게 위로를
건네주는 법은 모른다.
그러고 보면 누군가를
사랑하는 건 쉬웠지만
나 자신을 사랑하는 것만큼
어려웠던 일도 없었다.

제발, 도와주세요

'저 밥도 못 먹었습니다.
11시 20분에서 40분 사이에 경비실에 쳐들어왔고요.
저녁밥 좀 하려고 하면 그 시간에 꼭 나타나서 괴롭혔습니다.
정말 다시는 억울한 일 안 당하도록 제발 도와주세요.
저 진짜 엄청 맞았습니다.'

울먹이며 녹취된 목소리는 60세 최희석 경비원이 남긴 마지막 음성이다.
그는 투신 자살했다.
사건의 발단은 아주 사소했다.
이중 주차된 입주민의 차를 손으로 밀었던 게 전부였다.

그때부터 입주민은 경비원에게 상습적인 폭언과 폭행을 휘둘렀다.

두 평도 안 되는 화장실에 감금해 폭행했고, 코뼈가 골절됐다.
사표를 쓰지 않는다고 산으로 끌고 가 때리면서 그만두라고 협박했다.
입주민이 주먹을 휘두른 횟수는 백 번이 넘는다.
호칭도 경비원이 아니라 머슴이라고 불렀다.
경비원은 근무 때마다 악몽에 시달리다 결국 목숨을 끊었다.

그가 남긴 마지막 호소가 절실해서일까.
2020년 5월 실시간 검색어에 오르면서 이 사건은 이슈화됐다.
기사들이 쏟아져 나왔고 여러 시사·교양 방송 프로그램에서도 다루어졌다.
전국에서 추모의 발길이 끊이지 않았다.
그렇지만 가해자는 여전히 뻔뻔했다.
법원에서까지 자신의 잘못을 인정하지 않았다.
쌍방 폭행을 주장했고 어처구니없이 피해자에게 자신의 치료비를 요구했다.

반성하는 기미가 없는 태도였다.
입주민은 결국 징역 5년을 받았다.
항소했지만 또다시 5년 징역형을 받았다.

한 언론 기사에 따르면 2016년부터 지난 5년간 경비원에 대한 폭언·폭행 신고 접수는 2369건이다.
하지만 실제 폭행 건수는 단언컨대 훨씬 높다.
폭행당한 경비원 열 명 중 한 명이 신고를 할까 말까다.
입주민을 신고하면 관리소에서 해고 대상 1순위로 지목된다.
억울한 일을 당해도 사직서를 낼 각오로 신고해야 한다.
경비원의 평균 연령은 60~70세다.
학교 폭력도 약해 보이는 학생에게 가해지듯, 경비원도 약한 사람에게 폭행이 더 많이 가해진다.
나이가 많고 신체가 약한 경비원일수록 폭행에 시달리기가 쉽다.

최희석 경비원의 딸들은 돌아가신 아버지를 그리워하

며 마지막 편지를 남겼다.

'사랑하는 우리 아빠.

나야… 아빠가 그렇게 아끼는 큰딸, 작은딸.

이제 부를 수도 없는 우리 아빠….

아빠가 그렇게 아픈 줄도 모르고 정말 미안해.

전화 오면 언제나 아빠 걱정은 말라며 잘 지낸다는

말만 했던 아빠였는데…

겁 많고 마음 여린 우리 아빠.

혼자서 얼마나 무서웠을까.

지켜주지 못해서 미안해….'

익숙함에 속아
소중한 것을
잃지 말자는
뻔한 말이
와닿는 이유는

이미
익숙함에 속아
소중한 것을
잃어본 경험이
있기 때문이다.

정답이 없는 인간관계

"드라이브하러 갈까?"

"나야 좋지."

얼굴 좀 보고 살자며 친구가 집 앞까지 찾아왔다.

1층에 내려갔더니 차에 타라는 손짓부터 한다.

언젠가부터 친구를 만나면 드라이브를 즐기곤 한다.

딱히 어울려 할 수 있는 취미 생활이 없어서다.

그날도 다를 바 없었다.

길목에 보이는 카페에 들어가 커피를 홀짝이며 대화를 나눴고, 이야깃거리가 고갈되면 다시 드라이브 코스를 달렸다.

조금 달랐다면 한 해의 마지막 날을 남자 둘이서 보냈다는 게 아니었을까.

차 안에는 외로움이 스멀스멀 맴돌았다.

설상가상으로 흰 눈송이가 앞 유리창에 부딪혀 녹아내렸다.
드라이브를 하기엔 최악의 조건이었다.
친구는 눈이 내려서인지 아까보다 안색이 좋지 않아 보였다.

스무 살부터 생산직 일을 시작한 친구는 육체적으로 힘든 일을 한다.
벌써 허리디스크가 생겨 고생 중이다.
그러면서도 힘들다는 내색 한 번 한 적 없는 친구이기도 했다.
지나치게 과묵한 친구였다.

하지만 딱 한 가지 주제로 분노를 표출한 경우가 있었다.
바로 인간관계였다.
조금 더 정확히 말하면 의견 충돌로 인한 감정 다툼이었다.

현장직 근로자들은 적당한 매뉴얼이 없는 경우가 많다.
그래서 '목소리 큰 놈이 이긴다'라는 말이 꽤 잘 먹힌다.
함께 일을 할 때도 자신과 의견이 엇갈리면 쉽게 마찰을 빚는다.
서로 본인의 스타일만 고집해서 다툼이 발생한다.

시작은 의견 다툼이었지만, 끝은 언성을 높이면서 감정 싸움으로 번진다.
친구는 감정 싸움이 반복되다 보니 사람을 대하는 게 어렵다고 말했다.
그때가 사회생활 11년 차였다.
결국 일적으로 계속 부딪치는 바람에 얼굴 보기도 불편한 사이가 됐다.

친구는 이젠 자신의 의견을 말하지 않는 것이 마음이 편하다고 했다.
다툼보다는 차라리 침묵을 선택했다.

같이 밥을 먹는 자리도 피했고 마주쳐도 서로 인사도 나누지 않고 지나쳤다.
감정의 골은 깊어졌지만 상황은 해결되지 않았다.

사회생활뿐만이 아니라 일상생활에서도 의견 다툼으로 인해 감정이 상하는 일을 자주 접하게 된다.
달랑 TV 채널 하나 때문에 리모컨 쟁탈전을 벌이고, 지성인 두 사람이 의견이 엇갈리면 자신의 말이 옳다며 100분 토론을 벌인다.
특히 정치 이야기는 가족끼리도 큰 스파크가 튄다.

사람을 만날 때도 감정 충돌이 일어나는 건 마찬가지다.
동네까지 찾아와도 만나기 꺼려지는 사람이 있는가 하면, 먼 길을 가도 잠깐 얼굴이라도 봤으면 하는 사람이 있다.
밥을 먹고 커피까지 마시고 싶은 사람이 있는가 하면, 밥조차도 먹기 불편한 사람이 있다.
우린 감정을 나눌 때도 편식을 한다.

감정 소비를
하고 싶지
않다는 건
다르게 말해

"난 당신과
관계의
개선 의지가
없어"라는
의미 아닐까?

지나고 나면 아무것도 아닌 일이 된다

새벽 시간에 섬유근육통이 또 말썽이다.
경비실에 있는 동안 세 번이나 돌발통이 기습했다.
앞선 두 번은 땀범벅이 될 만큼 큰 통증은 아니었다.
남학생이 주먹으로 연달아 내리치는 정도의 강도였다.
한 번은 허리와 발목으로, 또 한 번은 상체로 왔다.
통증의 시간도 15분씩 짧았다.

하지만 마지막 한 번은 달랐다.
마약성 진통제를 권했던 의사의 말이 다시 떠오를 만큼 심각했다.
전신이 뒤틀리는 느낌도 아니었다.
찢겨진 피부에 소주를 부어버리는 듯한 끔찍한 통증이었다.

고통에 몸부림치다가 책상에 머리를 세게 박았다.
사실, 박을 수 있는 게 머리밖에 없었다.

머리 아래로는 가볍게 부딪혀도 통증이 두 달 넘게 지속된다.
참 이해할 수 없는 통증이다.

뺨으로 흐르는 것이 눈물인지, 땀인지 분간하기 힘들었다.
지금 당장 응급실로 데려가 달라고 도움을 요청해야 할까?
아니면 지금껏 그래왔듯 버티고 또 버티면서, 통증이 점차 가라앉기를 기다려야 할까?
쇠 긁는 소리를 내며 들숨과 날숨을 숨 가쁘게 몰아쉬었다.
하긴 오랜 기간 반복되었던 일이기도 했다.
그래서 미련하게 또 통증을 참아내기로 했다.
어차피 응급실에 실려가도 다른 방법은 없으니까.
스스로 견뎌내기를 선택한 것이다.

아프다. 오늘따라 미치도록 아프다.
극심한 통증에 시달릴 때면 차라리 팔과 다리를 잘라내

고 싶다는 생각도 든다.

저번처럼 또 근무복과 속옷이 땀으로 흠뻑 젖었다.

이를 악물었다.

몸에 배인 주문을 속으로 외우고 또 외웠다.

"지나간다. 지나간다. 이 순간만 지나가면 별거 아니다."

그나마 내가 행운아인 건 통증이 한 시간 이상 지속되는 일은 없다는 것이다.

한 시간만 버티면 된다.

오늘처럼 지옥 같은 통증을 견뎌낼 때면, 이것이 우리의 삶과 닮았다는 생각이 든다.

통증 없는 삶은 없고 인생은 고난의 연속이지만, 모든 고난은 반드시 지나가기 마련이다.

그리고 세상엔 고통이 많지만, 고통을 이겨내는 사람은 더 많았다.

일곱 빛깔 무지개를 보려면, 예고 없이 들이닥친 소나

기도 견뎌낼 줄 알아야 한다.

또 지나고 나서야 할 수 있는 말이겠지만, 막상 흘려보내고 나면 아무것도 아닐 때가 많다.

흘려보낼 때가 힘에 겨워서 그렇지.

그리고 마침내 그 순간이 오긴 한다.

한때는 숨이 멎을 정도로 힘들었던 그때를, 아무렇지 않게 말할 수 있는 한순간이.

지나고 나면
아무것도 아닌 일도 많지만
지나고 나서야
알게 되는 일들도 많다.

오해가 가리키는 방향은 날카롭다

아침 일찍 한 아주머니가 경비실 창문에 노크를 했다.
"죄송한데 고기 좀 전해주실 수 있을까요?"
우아하면서 차분한 목소리를 가진 중년 여성이었다.
"그럼요. 주세요."
"감사합니다."
건네받은 고기는 마블링이 감칠맛 나게 그려져 있고 무게도 묵직했다.
못해도 30만 원어치는 넘어 보인다.
랩 포장지 정중앙에는 동, 호수까지 적어주셨다.
노란 포스트잇에 '203동 602호'라고 기재되어 있었다.

다른 물건들은 부담이 없지만, 음식 보관을 부탁받을 때는 신경이 쓰였다.
고기는 쉽게 상할 수 있기 때문이다.
즉시 처리하는 게 마음이 편하다.
오전 10시, 602호에 인터폰을 했다.

받지 않는다.

11시, 두 번의 인터폰을 했다.

여전히 받지 않는다.

이상하다.

점심을 먹고 돌아와서도 소고기 걱정뿐이다.

다시 한번 인터폰을 했다.

602호는 세 번째 울린 인터폰 소리에도 응답이 없다.

그래도 꼼꼼하게 해서 나쁠 것은 없으니 3시, 5시, 6시에도 인터폰을 했다.

역시나 아무런 반응이 없다.

겨우 7시에 연락이 닿아서 경비실을 찾아온 아주머니는 버럭 소리부터 질렀다.

"아니, 고기가 상할 텐데 이제서야 연락하면 어쩌자는 거예요?"

"저… 계속 연락드렸었는데, 댁에 안 계셨나 봐요."

"무슨 소리를 하는 거예요? 지금 나랑 장난쳐요?"

격앙된 아주머니는 나의 이야기를 믿지 않았다.

"아침부터 지금까지 쭉 있었는데, 그걸 변명이라고 하나요?"

"아니요. 변명이 아니라 혹시 집이 넓어서 못 들으신 게 아닐까요?"

"그냥 '잘못했습니다' 사과하면 깔끔하게 끝날 걸 왜 자꾸 핑곗거리를 찾죠?"

화가 난 입주민에게 더 이상의 대화는 무의미해 보였다.

조용히 검지로 인터폰을 눌러 오전부터 찍힌 통화 목록을 보여드렸다.

직접 목록을 살펴본 아주머니는 나를 위아래로 힐끗 째려보더니, 아무 말 없이 고기를 덥석 가져가 버렸다.

오해는 사람의 마음까지 병들게 만든다.

오해는 또 다른 의심을 낳고, 의심은 어느새 확신으로 변질되어 누군가를 공격한다.

경비실에 찾아온 아주머니는 이미 오해가 확신으로 번져 타인을 공격하고, 눈앞에 보이는 증거에도 자신의 오해를 인정하지 않았다.

물론 사람이 살다 보면 오해를 할 수는 있다.
오해하지 않는 삶은 분명 존재하지 않는다.
중요한 건 오해를 어떻게 풀어내느냐는 것이다.

오해를 푸는 기본은 먼저 일방적인 대화를 해서는 안 된다.
홧김에 감정이 시키는 대로 표출하면 오해는 커질 뿐이다.
의견을 주고받는 대화도 좋지만 핵심은 경청이다. 내 주장은 잠시 내려놓고 상대의 말을 들어주는 것이다.
이야기를 듣다 보면 내가 잘못 생각한 부분을 찾을 수도 있고, 상대의 입장도 헤아릴 수 있다.

이해한다는 것은 그리 어렵지도 않다.
나의 입장이 아니라 온전히 상대방의 입장에서만 생각해보는 것.
그것이 이해의 첫걸음이다.

때로는

이해하는 것보다

포기하는 게

마음 편할 때가 있다.

아버지의 직업이 창피했어요

출근길 매일 타는 609번 버스는 내가 졸업한 초등학교를 지나친다.
그럴 때면 한 번씩 나오는 습관이 있다. 지갑에 간직해 두었던 아버지 사진을 들여다보는 것이다.
몸이 편찮으시기 전에는 미남이셨는데, 암은 잔인했다.
몸과 마음까지 괴롭히더니 결국 아버지를 하늘로 데려갔다.

젊은 시절 아버지는 유난히 영화를 좋아하셨다.
직장까지 그만두고 비디오 가게를 차릴 만큼 열정이 넘치셨다.
나름 장사도 잘하셨다.
손님들 성향에 맞게 비디오를 추천해주었고 단골손님도 꽤 많았다.
하지만 IMF가 터지면서 아버지의 꿈이었던 비디오 가

게도 문을 닫게 되었다.

네 가족은 서울에서 쫓기듯 지방으로 오게 됐고, 마흔여섯의 아버지는 새로운 직장을 구하셨다.
그건 바로 내가 다니던 초등학교의 경비원이었다.
난 그런 아버지가 창피해서 지나칠 때마다 못 본 척했다.
종종 수업 시간에 사물함을 고치러 들어오는 아버지가 싫었다.
부끄러워 책 속에 얼굴을 파묻기도 했다. 학교 설문조사에서 아버지의 직업은 늘 회사원이라고 적었다.
혹시 놀림감이 될까 봐 친구들에게도 숨겼다.
아버지가 우리 학교 경비원으로 일한다는 게 창피했다.

등굣길이든 하굣길이든 아버지와 마주치기 싫어서 세 정거장의 거리를 매번 뛰어다녔다.
덕분에 달리기 실력은 늘어났지만, 아버지의 서운함도 같이 늘어났을 것이다.

아버지는 그저 가정을 지키려고 경비원이 되었을 뿐이고, 가장으로서 해야 할 일을 했을 뿐이다.
하지만 철이 없는 꼬마는 아버지의 가슴에 못을 박았다.

훗날 내가 경비원이 되어서야 알았다.
아버지의 경비원 삶이 어땠을지 생생하게 그려졌다.
경비원인 아버지를 나만큼은 무시하지 않았어야 했다.
그냥 "아빠"라는 말 한마디면 됐는데, 어리다는 핑계로 창피해서 난 늘 아빠를 외면했다.

돌이켜보면 상처를 준 사람은, 나와 가까운 사람인 경우가 많았다.
상처를 줘봤던 사람은 안다.
때론 받았던 상처보다 준 상처가 깊이 남는다.

그리고 전부였던 사람이 떠나갔을 때 비로소 함께였던 추억들을 되돌아본다.
늘 잘 해준 기억보다 잘 해주지 못한 기억이 더 오래 남는다.

후회로 물든 날도 있을 것이고, 미련이 겹겹이 쌓인 날도 있을 것이다.

하지만 인생에 있어 누구나 그리운 사람 한 명쯤은 품고 살아가기 마련이고, 그리움이 묻어난다는 건 한때는 사랑했었다는 뜻이다.

익숙한 관계와 소중한 것의 공통점은

잃고 나서야
소중함을
깨닫는다는
것이다.

새벽 3시, 택배를 찾으러 오는 그녀

그녀는 원피스를 즐겨 입었다. 나이는 이십 대 후반 정도로 보였다.
명품백은 맨날 바뀌었고, 몸에 두른 액세서리도 모두 고가로 보였다.
외모는 화려했다. 연예인 지망생이라고 해도 믿을 만한 얼굴을 가졌다.

내가 그녀를 기억하는 건 특출난 외모 때문은 아니다.
하루도 빠짐없이 배송되는 택배 때문이었다.

근무 때마다 보통 다섯 개는 기본으로 그녀의 택배가 경비실에 맡겨졌다.
처음엔 쇼핑몰을 운영하나 싶었지만 모두 개인 택배였다.

택배를 보관하는 건 경비원 업무 중 하나라서 특별할

건 없었지만, 난 그녀가 택배를 찾으러 경비실에 올 때마다 조심스러웠다.

그녀는 204동 동대표 딸이었기 때문이다.

그녀가 경비원에게 무리한 걸 부탁한 적은 없지만, 동대표 가족은 괜스레 어렵다.

옆에만 있어도 긴장이 된다. 마치 회사 대표님과 단둘이 마주 앉아 점심을 먹는 느낌이랄까. 나는 동대표 딸이니까 예의를 더 철저하게 지켰고, 실수하지 않으려고 노력했다.

그녀는 늘 밤 10시가 되면 경비실 앞에서 콜택시를 타고 나가 새벽 3시쯤 돌아와 경비실에서 택배를 찾아갔다.

술을 즐겨 마시는지 술 냄새를 자주 풍겼지만, 흐트러진 모습을 보인 적은 없다.

발음 하나 어눌해진 적도 없다.

그날도 그녀는 어김없이 경비실 앞에서 밤 10시에 택시를 탔고, 새벽 3시에 돌아와 경비실 문을 열었다.

들어오자마자 술 냄새가 진하게 풍겼다.
택배를 건네주려는데, 그녀가 말했다.
"잠깐만요."
그러더니 손에 쥐고 있던 하늘색 종이를 유리문에 툭 붙이고 나가버렸다.
여섯 개의 택배도 찾아가지 않았다.

종이에 적힌 글씨는 귀찮아서 날려 쓴 일기 같았다. 첫 문장부터 직설적이었다.

> '저, 어려우세요? 경비 아저씨들이 전부 저를 불편해하는 거 알긴 하는데요. 그런데 유독 저를 어려워하는 것 같네요. 첫인상은 괜찮았는데 점점 안 좋아지려고 해요.
> 다음엔 어려워하지 말고 반갑게 인사해주세요. 직장 상사 대하듯 깍듯하게 인사하지 마시고요. 그리고 제가 말은 좀 막 하는데요, 마음은 또 착해요. 그러니까 제 말은 해치지 않는다고요.
> 아무튼 좋은 밤 되시고요. 택배 항상 맡아주는 거

고마워요.'

허리를 굽혀 했던 내 인사가 그녀는 불편했던 모양이었다.
아마도 과잉 친절이라고 받아들였던 것 같다.

다음 근무부터 그녀가 들어오면 "왔어요?"라며 어색한 억지웃음을 지었다. 부자연스러운 내 연기에 그녀가 피식 웃었다.

그날 이후로 그녀는 날 편하게 대했다.
새벽에는 종종 이야기도 나누었다. 아니, 일방적으로 들어주었다.
물어보지도 않았는데 대뜸 자신의 가정사까지 얘기했다.
솔직하고 털털했다. 아마도 술의 힘을 빌린 취중 진담이 아닐까 싶다.

자신이 매일 술을 마시는 이유도 주절주절 털어놓았다.

이유는 가족이었다. 아버지와 마주치고 싶지 않아서라고 했다.
말을 안 하고 지낸 지는 5년이 넘게 흘렀고, 숨이 막힌다고 했다.
사업가인 아버지의 퇴근 시간이 다가오면 외출을 한다는 뜻밖의 이야기였다.

그녀의 마음은 보이는 외모와 매일 바뀌는 명품백들과는 달랐다.
하고 싶은 걸 다 하면서 산다고 생각했다. 비싸 보이는 액세서리도 많았고, 삶이 늘 풍족해 보이기만 했다.

금전적으로 풍요롭다고 해서 마음까지 풍요로운 건 아니었다.
아버지와의 갈등을 이야기할 때는 힘겹고 지쳐 보였다.
겉만 화려했을 뿐이지 그녀의 마음은 성한 곳이 없었다.
고가의 아파트에서 살고 있지만 기댈 곳도 없어 보였다.

부자는 금전적인 여유를 뜻하지만, 마음이 풍요로운 사람이 진정한 부자가 아닐까.
되돌아보면 우린 환경이 가난한 게 아니라 마음이 가난했었는지도 모른다.

요즘 들어
마음이 풍요로운
부자가 되고 싶다.

담배 냄새는 어디서 시작된 걸까?

오늘 저녁은 잠잠하나 했더니 어김없이 인터폰이 울렸다.
201동 602호였다.
응답 버튼을 터치하자 앙칼진 주부의 목소리가 귓가에 꽂혔다.
"이봐요. 도대체 몇 번을 말해야 돼요?"
나도 이번이 몇 번째인지 모르겠다.

"또 담배 냄새가 집 안으로 들어와요?"
"아니, 한두 번도 아니고 왜 해결이 안 되는 거죠?"
"죄송합니다. 저희도 최선을 다해 찾아보고 있는데 쉽지가 않아서요."
"저녁마다 머리가 깨질 것 같다고요."
세 달 넘게 담배 냄새에 시달린 입주민의 신경은 날카로웠다.
충분히 화가 날 만도 하다.

층간 소음보다 해결하기 어려운 게 담배 민원이다.
아랫집인지, 윗집인지 알 수가 없다. 이상하게 담배 냄새는 나지만 담배를 피운 사람은 없다.
입주민들에게 인터폰을 걸면 돌아오는 대답은 늘 같다.
"아니요, 담배 안 피웠어요."
"저희 집은 담배 피우는 사람이 없어요."

담배 민원을 속 시원하게 해결한 적이 없다.
보통 흡연자는 베란다나 화장실에서 담배를 태운다.
베란다는 바람을 따라 냄새가 이동하고 화장실은 환풍구를 통해 냄새가 전해진다.
목격하지 않는 이상 현실적으로 찾기는 힘들다.
괜히 죄 없는 근처 입주민들만 피해를 본다.
지정된 장소에서 흡연해달라는 방송에도 아무런 변화가 없다.
제자리걸음을 걷고 있는 것 같다.

다섯 번의 민원이 더 들어오자 관리실에서 직접 방문해보라는 연락이 왔다.

짐작 가는 입주민이 있긴 했다.
인터폰을 할 때마다 유난히 말이 길었다.
아랫집 502호다.
초인종을 누르자 현관문이 열리면서 묻지도 않았는데 대답부터 날아왔다.
"저희 집은 담배 피우는 사람 없다니까요."

중년의 남자는 모르고 있는 듯했다.
본인의 입술에서 진득한 담배 냄새가 새어 나오고 있다는 사실을 말이다.
"요새 누가 집에서 담배를 피우는 몰상식한 행동을 합니까? 아니라고 했잖아요."
'몰상식한 행동을 본인이 하고 있잖아요'라고 말하고 싶었지만, 빙빙 돌려서 공손하게 포장했다.
"선생님 죄송한데 지금 담배 냄새가 나서요."
입주민은 화들짝 놀라며 눈이 동그래졌다.
"어… 그게… 됐고! 내 집에서 내가 담배 피우는데 뭐가 문제가 됩니까?"
격앙된 입주민은 자기 말만 하고 현관문을 '쾅' 닫아버렸다.

닫힌 현관문을 멀뚱멀뚱 바라만 봤다.
그냥 미안하다고 말하면 마무리될 일을 입주민은 끝내 사과하지 않았다.
이후로 담배 민원이 여러 번 발생했지만, 인터폰을 받지 않았고, 집에 찾아가도 문을 열어주지 않았다.

자신이 흡연 구역에 가서 담배를 피워야 하는 번거로움이 싫었던 것이다.
근처 입주민들은 담배 냄새 때문에 피해를 봤지만, 신경 쓰지 않았다.
이기적인 행동이었다.

이기적인 사람들은 타인에게 손해 끼치는 걸 대수롭지 않게 여긴다.
잘못을 해도 자신의 편의가 먼저다.

이런 이기심은 잘 바뀌지도 않는다.

그래서 이기주의를 상대할 때면 이해하는 것보다 포기하는 게 빠를 때가 있다.

겪어보니
사람은 고쳐
쓰는 게 아니라
차라리
나와 맞는
사람을 찾는 게
빠르다.

미드나잇 인 파리

영화 한 편을 추천받았다. 〈미드나잇 인 파리〉라는 영화였다.

주인공 이름은 '길'이다. 유명한 극작가였던 길은 돌연 무명 소설가로 직업을 전향한다.
길의 꿈은 예술의 중심지인 파리에서 평생 사는 것이다.
1920년대의 프랑스 파리를 동경하며 낭만이 살아 숨쉬는 도시라 믿는다.
길의 약혼녀 아네즈는 길의 사상을 전혀 이해하지 못한다.
길이 비현실적인 낭만에 젖어 있고, 과거 향수에 흠뻑 빠져 산다고 생각한다.

술에 취한 채 호텔로 돌아가려던 길은, 잘못된 길에 들어서고 낯선 푸조 차에 올라타 신비로운 경험을 하게 된다.
목적지는 놀라웠다.
길이 갈망하던 1920년대 파리로 시간 여행을 온 것이다.
《노인과 바다》의 작가 어니스트 헤밍웨이를 만나고,
《위대한 개츠비》의 저자 스콧 피츠제럴드를 만난다.
믿기지 않는 일들이 연속적으로 벌어진다.
심지어 약혼녀에게도 보여주지 않았던 자신의 첫 소설을 미국 소설가이자 비평가인 거트루드 스타인에게 보여준다.
평가도 만족스럽다.
색다른 집필 실력에 극찬까지 받는다.

또 자신의 소설을 지지해주는 아드리아나도 만난다.
미모의 여인 아드리아나는 화가 피카소의 연인이다.
그런 아드리아나와 서로 첫눈에 이끌리지만, 아드리아나 또한 1920년대 파리보단 1800년대 후반 벨에포크 시대로 되돌아가고 싶어 한다.
결국 가치관이 맞지 않았던 둘의 짧은 사랑은 역시나

어긋나 버린다.

더 의외인 건 1920년대의 모든 예술가 또한 마찬가지라는 것이다.
며칠 전 자신의 모습과 닮아 있었다.
그들 역시 과거 르네상스 시절을 그리워하며 예술에 몸담고 있었다.
길은 과거에 머무를수록 혼란스러워진다.
자신이 갈망했던 시기로 돌아왔는데, 예술가들 또한 현실에 만족하는 것이 아니라 또 다른 과거를 그리워하고 있었기 때문이다.
상상해오던 세계와는 너무 달랐다.
길은 점점 현실로 돌아가고 싶은 묘한 마음이 들어선다.

영화 속 주인공 길이나 예술가들처럼 우리도 지나간 과거를 그리워하며 살아간다.
행복했던 시간을 떠올리거나 힘들었던 기억마저 그래도 그때가 좋았다며 그 시절로 돌아가고 싶어 한다.

하지만 과거를 그리워한다는 건 현재의 소중함을 잊고 지낸다는 말인지도 모른다.
미련이 없는 과거는 없겠지만 애틋하지 않은 오늘도 없다.

지나간 과거는 당신의 인생에서 현재의 시간으로 흐르고 있다.
지금 이 순간도 언젠간 우리가 그리워할 과거로 남는다.
그러니 우리가 해야 할 일은 한 가지다.
오늘 하루를 충분히 살아내는 것.
그러면 적어도 과거를 그리워할 일도 원망할 일도 없다.
마치 오늘이 마지막인 것처럼 최선의 삶을 살아내야 한다.
물론 내일은 또 오겠지만 오늘 같은 내일은 오지 않을 수도 있다.

결국
성공한 사람들은
반복된 일상을
견뎌내는 사람들이었다.

병원으로 소풍을 떠나요

내게 오전 9시는 달콤하다.

꿀맛 같은 퇴근이 기다리고 있어서다.

그런데 오늘 퇴근은 왠지 씁쓸하다.

퇴근 후에 나를 반겨주는 건 포근한 집이 아니기 때문이다.

지겹게 드나든 병원을 가야만 한다.

십 년을 넘기고 나서야 병명을 겨우 찾았고, 의사는 호전은 어려울 거라고 했다.

하지만 치료를 포기하고 싶지는 않아 여러 대학병원을 전전했다.

류마티스내과에서 처방해준 섬유근육통약을 먹어도 봤지만, 전혀 반응이 없었다.

오히려 부작용이 심해 치료를 중단해야만 했다.

부작용으로 기억력이 급격하게 감퇴하기 시작했다.

마치 하루하루가 삭제되는 느낌이었다.
어제저녁 반찬이 무엇이었는지도 생각나지 않았다.
무슨 대화를 나눴는지, 몇 시에 잠들었는지도 모른다.
또 배변 기능이 급격하게 저하됐다.
소변을 보려면 2분은 기다려야 했다.
연속된 부작용으로 더 이상의 약물치료는 무의미했다.

할 수 있는 치료는 많지 않았다.
마취통증의학과에서 프롤로 주사를 전신에 맞는 것뿐이다.
열여덟 살부터 오랜 기간 맞아왔다.
근본적인 치료는 아니지만, 그래도 잠깐 통증을 가라앉혀준다.
다른 부위는 나름 참을 만하지만, 손가락이나 발가락에 맞는 주사는 꽤나 고통스럽다.
목에 찌르는 주사는 아직도 겁이 난다.
휴대폰 메모장에 써놓은 병원 일지엔 주삿바늘이 내 몸을 찌른 횟수가 적혀 있다.

1월 14일 주사 124대 맞음.

1월 16일 주사 154대 맞음.

1월 20일 주사 136대 맞음.

1월 22일 주사 128대 맞음.

완치할 수 있는 치료법은 아직 개발되지 않았다.
주사와 운동 외엔 딱히 다른 방법이 없다.
그래도 프롤로 주사 덕분에 사회생활을 할 수 있으니, 최악의 상황은 면했다.
이른 나이에 몸이 아픈 덕분일까.
나는 건강의 소중함을 또래 친구들보다 일찍 깨달았다.
그래서 어릴 적부터 건강관리에 신경 쓴다.
술은 회식이 아니면 마시지 않는다. 눈치를 보며 물로 바꿔치기 한다.
먹어도 소주 한 잔으로 끝낸다.
운동도 게을리하지 않는다.
시간을 내서라도 헬스장은 꼭 다녀온다.
통증을 달고 살아서 감기나 몸살 같은 건 스쳐 지나가는 바람처럼 느껴진다.

상황을 바꿀 수 없다면 긍정의 힘을 빌리면 된다.
어떤 상황이 와도 내가 생각하기 나름이다.
앞으로도 크고 작은 시련이 우리 삶에 드리울 것이다.
슬픈 일을 슬프게 받아들이면 슬픈 일이 된다.
기쁜 일이 생겨도 슬프게 받아들이면 기쁜 일마저 슬픈 일이 된다.
마음의 평화는 현재 내가 처한 상황이 아니라, 나의 마음가짐에서부터 시작된다.

평생 주사를 맞고 통증에 시달리면 어떤가.
죽을병은 아니니까 오히려 감사할 뿐이다.
그리고 잊지 말아야 한다.
우리 인생은 통증 없이 성장하는 법이 없다.
지금 힘이 들고 많이 지쳤다는 건 위기가 아니라 성장하고 있다는 뜻이다.

인생에
정답 같은 건
없는데

계속 정답을
찾으려고 해서
괴로웠던
건지도 모른다.

감정의 변수

경비실 바닥에 있는 가방을 열어 도시락을 꺼냈다.
기다리고 기다리던 저녁시간이다.
오늘은 내가 좋아하는 불고기 반찬을 넣어왔다.
역시 좋아하는 음식을 먹는 것만큼 스트레스가 풀리는 일도 없다.

양손은 묵직하지만, 휴게실로 향하는 발걸음은 가볍다.
강풍이 부는데도 콧노래가 저절로 나온다.
202동 모서리를 돌아 휴게실로 들어가려는 순간, 멈칫했다.
경비원들 휴게 공간에 불이 환하게 켜져 있어서다.

경비원들이 저녁을 먹고 쉬는 휴게실은 공식적으로 입주민들도 사용할 수 있는 공간이다.
주말에 지인 모임을 하고 시험 기간엔 학생들이 와서

공부도 한다.

문제는 입주민들이 사용하고 있으면 경비원들은 밥을 먹을 수 있는 공간이 사라진다는 것이다.

저녁 휴게 시간에는 규율상 아파트를 벗어날 수도 없다.

또 추위에 오들오들 떨면서 놀이터 앞 벤치에 앉았다.

여기서 밥을 먹는 게 네 번째인가, 다섯 번째인가.

정확한 횟수는 기억나지는 않는다.

이젠 조금 익숙해질 법한 수저를 들었다.

방금 전엔 콧노래가 나오는 강풍이었는데, 이젠 그냥 강풍처럼 느껴진다.

고기 맛을 음미할 틈이 없다. 우걱우걱 목구멍에 집어넣기 바쁘다.

빨리 음식을 집어삼키고 추위를 피해야겠다는 생각밖에 들지 않는다.

바람을 연속으로 맞다 보니 뺨이 얼었다.

불고기 반찬이 절반 넘게 남았지만, 뚜껑을 덮고 서둘러 아파트 공중화장실로 피신했다.

경비실로 돌아가면 다시 일하는 느낌이라서 차라리 화장실이 편했다.
변기 커버를 내리고 앉자 몸이 서서히 식었다.
지린내가 나는데도 따뜻해서 마냥 좋았다.
그 누구도 나를 터치할 수 없는 공간이라 편안했다.
조금 전까지만 해도 신경질이 났는데, 찬바람을 피할 수 있다는 안도감에 행복하다.
작은 것에 행복할 수도 있다는 게 이런 느낌일까.
추위 하나 피했을 뿐인데 입꼬리가 저절로 올라갔다.

감정이란 건 참 이상하다.
방금은 좋아하는 반찬 덕분에 신이 났다가, 놀이터 강풍에 금방 짜증이 났다.
냄새나는 화장실에서 바람을 피했다고 다시 기분이 좋아졌다.

감정은 늘 변수가 많다. 작은 상황 하나에도 예민하게 반응한다.
때로는 주변 환경들로 인해 내 감정이 지배당하기도 한

다.

환경은 우리의 감정을 조종하는 능력이 있다.

가끔은 헷갈린다.

우리 감정의 주인은 나 자신일까, 아니면 나를 둘러싼 환경일까.

내게도

'감정'이란

이름이

있습니다.

에필로그

우린 남을 위로할 줄 알면서 나를 위로하는 법은 모릅니다.
친구에겐 쉽게 위로를 건네지만, 나에게는 늘 냉정합니다.
따뜻한 말보다 차가운 말을 더 많이 합니다.
힘든 일이 있어도 자책만 할 뿐, 스스로에게 위로를 건네는 걸 어색해합니다.

하지만 위로는 생각보다 어렵지 않습니다.
아주 간단합니다.
그저 남에게 했던 말을 나에게 해주면 됩니다.

그동안 작은 위로의 말이 어려워서 나를 미워했던 날이 많았을 겁니다.
나를 벼랑 끝으로 몰아세우는 건 다름 아닌 나 자신일 때가 많았으니까요.

잘 해내고 싶은 마음에 기대 이상의 목표를 세우고 있는 건 아닌지,
누구나 저지르는 실수에 책망하고 있는 건 아닌지.
가끔은 나와 잘 지내기 위해선 내게 관대해질 필요도 있습니다.

실수해도 괜찮고 부족해도 괜찮습니다.
실수를 반복하면 실력이 되고 실력이 반복되면 재능이 됩니다.
다만 인생이란 긴 여정에서 나를 들여다봐주고 자신의 마음을 돌봐줄 필요가 있습니다.

우린 하나같이 마음 쓰일 곳은 많았지만, 마음의 평온을 얻고 휴식을 취할 곳은 없었습니다.
앞을 향해 나아가려고만 했고 멈추어 서서 헝클어진 마음을 돌보지도 않았습니다.
기대에 미치지 못하면 스스로를 억압하고 비난하기만 했습니다.

이젠 내가 계획했던 삶의 방향에서 조금 벗어났다고 자신을 자책하지 않았으면 좋겠습니다.
불안한 미래 때문에 소중한 오늘을 망치는 일도 없었으면 좋겠습니다.
당장 앞이 보이지 않더라도 영원히 지속되는 괴로움과 걱정은 없습니다.
그러니 잊지 않았으면 좋겠습니다.
우린 빛나는 별이지만 아직까지 반짝이지 않았을 뿐입니다.

지나온 길은 서툴렀지만
당신의 과거는 미움받을 이유가 없습니다.

이 책은 137명의 독자들이 함께 참여하여 만들었습니다

강보라
강정현
고시환
구진영
권기현
김경미
김도형
김미영
김민영
김민희
김보라
김선영
김성옥
김소진
김송현
김수진
김수향
김시은
김안숙
김영미
김영환
김용주
김주영
김춘화
김현우
김현주
김현지
김혜연
김화석
김희정
박길호
박미정
박선영
박세영
박정미
박진미
박진희
박희경
배은하
변승원
성세희
손희정
송민경
송현식
신혜영
신혜영(2)
연지현
오성혁
오세원
원유경
유남희
유다은
유미
유효종
유희진
윤보라
윤소윤
윤주완
윤철민
이경은
이선미
이수정
이원영
이인애
이재영
이정남
이정미
이주영
이지연
이지혜
이채연
이하진
이현수
이혜진
이호진
임아롱
임찬웅
임하영
장순주
정민욱
정수진
정희은
조미숙
조윤희
조은진
진영아
최은숙
하경임
하진만
허은송
황솔빈
황정민
황지은
황해경
외 43명